邓一光南方短小说
Deng Yiguang's
Southern Short Fictions

I

第一爆

The First Explosion

邓一光 著

SPM 南方传媒 | 花城出版社

中国·广州

图书在版编目（CIP）数据

第一爆 / 邓一光著. -- 广州 : 花城出版社，2025.6. --（邓一光南方短小说）. -- ISBN 978-7-5749-0514-6

Ⅰ．I247.7

中国国家版本馆CIP数据核字第2025VZ0583号

第一爆

DI-YI BAO

邓一光/著

出 版 人	张　懿
责任编辑	林　菁　杨柳青　李　卉
技术编辑	凌春梅
装帧设计	韩湛宁+亚洲铜设计
肖像摄影	吴忠平
封面摄影	韩子墨
出版发行	花城出版社
经　　销	全国新华书店
印　　刷	深圳市福圣印刷有限公司
开　　本	787毫米×1092毫米　32开
印　　张	8.125
字　　数	150,000字
版　　次	2025年6月第1版　2025年6月第1次印刷
定　　价	398.00元（全7册）

版权所有·侵权必究。如发现印装质量问题，请与出版社联系。
联系电话：020-37604658　37602954

I
第一爆

II
我们叫作家乡的地方

III
香蜜湖漏了

IV
你可以让百合生长

V
抱抱那些爱你的人

VI
带你们去看灯光秀

VII
我在红树林想到的事情

I

第一爆

The First Explosion

目录
contents

深圳河里有没有鱼
001

猜猜云彩
019

离开中英街需要注意什么
047

第一爆
077

入侵物种
105

花朵脸
137

海阔天空
——渔农村人类学调查笔记
167

深圳自然博物百科

197

在地下

221

深圳河里有没有鱼

那条河由东北向西南,在深港之间行走了37公里,经过繁华的深圳市区,从香港米埔进入海湾,入海前突然散开,像一条微风吹乱的流苏,让人想到"泄气"这个词。那条河在入海前丢下一段历史的废墟——一架废弃不用的老式铁路桥,一些水泥桩子,几座锈蚀的船坞——河口的滩涂就像一张中年妇人的脸,金色涟漪鱼尾纹似的细碎一片,难以遮掩。我刚来深圳的时候去看过它,准确地说,是隔着铁丝网站在很远的地方看,我是想看传说中的河网地带和红树林,还有一段我个人难以言说的前史。黄昏时分,阳光如洒,"深航"倦怠的鹏尾330从制造业重镇宝安升空,摇摇晃晃打河口上方掠过,困难地绕一个圈,徐徐滑向前海方向,然后消失在海光折射的云层中。

关于那条河里的鱼,是林若梦讲给我听的。林若梦是我来深圳以后认识的第一个女人。她是客家人,梅县客家。我不能确定我们是在什么时候、在哪里、怎么认识的。有时候我觉得我俩认识的时间更早,不仅限于我来深圳以后。关于这个我说不清楚。

林若梦,她有一袭长长的黑发,一双明亮的眼睛,摄人魂魄的笑容,但也很难说。我是说,我并不怎么确定林若梦的长相,她的相貌总是在变化。我甚至无法向你准确地描述出她五官长得什么样。我只能告诉你,很多时候她是任性的,想做什么就做什么,而且她总是心血来潮，突然变得让我认不出来。有一次，我俩约着在大剧院外见面，我在人群中没有认出她，站在一旁看广西小贩一杯杯卖鲜蔗汁，她跑上来用手袋打我脑袋，告诉我她早到了，就看我能不能找到她。我想，我们每个人都有过这样的经历，这也没什么好说的。

林若梦发誓说她看见了那条鱼。不是鲮，也不是鳜和鲑，它从清冽的河水中探出浑圆的脑袋，孩子般冲着月亮笑。

林若梦说那条鱼冲着月亮笑的时候，我也笑了。我知道因为我的笑林若梦会生气，很可能她会好几天不理我，让我因此抓狂，这对我俩的关系不利。但我就是忍不住笑。我不在乎冷血动物的脸上能不能呈现出人类可辨的笑容，就算你告诉我冰晶石和合欢树会笑我也不会吃惊，我笑，是因为林若梦一本正经地坐在床上梳头。她穿了一件白色棉布衬衫，一条短裙和黑色的丝袜，衬衫的领口低到可以看见乳沟。她盘腿坐在那里的样子既让我迷恋，又让我困惑。我觉得她可以嘲笑我的薪水不如她的薪水高，但她不该给我讲一个蹩脚的故事，而且发誓说那条鱼真的存在，这让我觉得受到了某种伤害。

你知道，城市的河流里是没有鱼的。可能几十年前有，现在没有了，所以教育部门才有那么多的课本需要修改，人们把这个叫作掌握时代发展脉络，关系到我们对时代的严肃看法。但是，我不得不说这个时代真假难辨,如果你只是一个超市的收银员、电子元件厂的作业工、农批市场卖暖棚反季蔬菜的菜贩子,你怎么知道时代的脉络是什么,怎么做到严肃?有一次,我在采田公园里看到一块木牌,上面写着"未经许可禁止捕捞野生鱼类",我用一张纸巾小心翼翼地贴在"野生"两个字上,结果被公园的管理人员抓住教训了一通。我不想和谁发生争执,那没有什么用,可我并不同意那些好心的人们的观点。不错,公园里用水泥砌出的养鱼池中的确有肥硕到慵懒的锦鲤在游动,但那是人工饲养的家伙,如果不算上蚊蝇和耗子,公园里的确没有什么可以被称作野生的。

很多东西不在了,消失了,比如鸽哨、铁环、胡琴和竹笛声、齐额的刘海、明亮的眸子和干净的微笑,它们过去存在过,如今消失了,有关它们存在时的内容已经变成了传说,需要从学生的课本中删除掉,以符合国家《义务教育法》的规定。老话说,带孩子认姥姥,别带到熊瞎子家里去了,我就是这个观点。

我不是中小学课本的编撰者,我是一名押钞员,负责押运金融物品。工作的时候,我按照条例穿厚底靴、防火布缝制的制服和防弹背心,87式防暴枪横挎在胸前,护送物品来往于金库和营业点之间。不管视野能够延展多少度,我的后脑勺上必须长出一只眼睛,360度无死角地观察来往路人。你可以说我这样做刻板、控制、抑郁或者高度自恋，反正我就是这种样子。

工作之余我有个癖好，我对中小学课本着迷，喜欢阅读收集来的课本。正如林若梦所说，我的薪水不高，但凑合着能养活自己。我会省下薪水的大部分，一半寄回家里，另一半用来在孔夫子网淘各种旧课本，连地方教育部门编写的教材都不放过。这件事我已经做了很多年，从我开始挣钱的那一个月就开始了。我喜欢对照课本里的内容，核实哪些事物已经成为历史，为它们建立资料档案，认真填上表格，通过官方网站发给教育部基础教育一司和二司，敦促他们进行修改。我关心那些已经不在了的事物，至于世界上增添了什么过去没有的，那不是我的兴趣，完全可以由其他感兴趣的人来完成。这件事情我干了七八年，差不多发出了两百多封邮件。你们肯定猜到了，教育部的人从来没有给我回复过任何文字，但这并不会让我停下来，业余时间我仍然大量地阅读、核实、填上表格并且把新的邮件发出去，只要不加班，没有生病，我都会坚持那么做。

以下是关于那条鱼，我和林若梦的对话。

"你说你看到了那条鱼，你说的是什么鱼？是鲮鱼吗？"

"唔咩。"

"鳜鱼？"

"也唔咩。"

"鲮鱼也不是，鳜鱼也不是，那就是鲑鱼啰。"

"偓也讲唔醒。偓唔知其系脉介鱼。偓嘅确看见其了，就在入海口。"林若梦有些急，涨红着脸，用一种不满意的眼神瞥我。

说上面那番话的时候，我俩像往常一样，各据出租屋一角，我在门口的小凳子上坐着，身边堆满课本，林若梦靠在床头梳她的头发。

出租屋是我租下来的，用去了薪水的四分之一，它有 12 平方米（也许比 12 平方米多一点，12.2 或者 12.3，这个我不能肯定），还有 3.6 平方米的厨房和 1.5 平方米的卫生间，是个完全独立的空间，这样我——有时候还有林若梦——就能把自己和外界分隔开，有属于自己的独立空间了。我很喜欢这套房子。我在房间的布置上花费了一番心思：床头的墙上钉着我服役时最后穿过的那套海军陆战队作训服，厨房的墙上钉着我死去的那条斑点狗的项圈，卫生间的小镜子上吊着我遇劫那次被人打掉的前臼齿。如果可能，我会把林若梦的客家话钉在什么地方，我想我会选择天花板。所有这些图腾在我生命的岁月中都有着特殊的意义，它们是证明我在这个世界上生活过的实体标志，是我记忆中的琥珀，将在我的——如果我确定自己能够结婚并且生子的话——家族中得到传承。

和林若梦交往以后，我考虑过换一套大一些的房子，林若梦一直没有表态。我不知道客家人是怎么看待房子问题的，那些太极图般神秘的围龙屋对他们究竟有着什么意义，就像我不知道客家人怎么看待他们的语言。1000多年过去了，他们仍然乡音未改，说着古老的唐宋汉语，难道他们是要人们大老远地穿过漫长的岁月去寻找另一个他们？我不明白这些事情，我担心换房子的事情会引起林若梦的不当联想，因此节外生枝。和林若梦在一起，我总是担心她生气，然后突然变出一副我不认识的样子，或者干脆丢下我走掉。要知道这是她的出生地，她能去很多我不知道的地方，她甚至能把自己变成能在陡峭的阳坡上跳跃的黑麂，或者喜欢在夜里潜行的豹猫，让我再也找不到她。

但显然这一次我的担心是多余的，看上去她没有那种想法，只是坐在床头梳她长长的黑头发，我就不好再说什么了。她总是坐在那里梳她的头发，永远也梳不完，生活好像在什么地方停滞下来，这就是我当时的感觉。

有时候我觉得我并不了解林若梦，有时候我觉得我有点刻薄，但我还是被林若梦那条河里有鱼的说法迷住了。

怎么可能，途经城市的河流中怎么会出现鱼，而且是在入海口？就是说，那条鱼，它游过了整条河流，一直游到了河流的尽头，这算怎么回事？这是我被林若梦的故事迷住的原因。

我决定去寻找它——那条有着湿漉漉浑圆脑袋的孩子气的鱼——并且找到它。整车整车装满钞票和黄金的箱子，它们已经有主人了，不属于我，但那些尚未被人们驯化的东西，比如说，一条游经整座城市的野生鱼，它对我很重要。

关于那条河，我还想多说几句。有一次，林若梦小心翼翼地和我商量，她想去做下颏磨削术，我没同意，我觉得她可以考虑拔去几根眉毛或者挤掉几颗痘痘这样的无创手术，别的就算了。作为客家人，林若梦失去的东西已经很多了——我不能告诉你们她究竟失去了什么，这属于个人隐私，何况你们每个人都有类似的经历，我希望你们能够好好地想一想——我不愿意林若梦再失去什么了，这样我就更没法辨认出她。那条河也一样，它附庸在极尽奢华的港深两地间，经过多年的拉弯取直工程，河岸砌起石块，糊上水泥，用铁丝网严谨地遮拦着，拒绝路人和游客靠近，早已失去昔日的野性，不像河，倒像一条没有脾气的人工水渠。一般来说，有过易容术经历的女人都忌讳别人问起刀口的事，那是一段让人不愉快的经历，你最好只看见她光彩照人的模样，别的就装作什么也不知道。河也一样。我不愿意在一条河的刀口上行走，即使是为了找到一条可能存在的鱼。

这样，我就远远地躲开那条河的刀口，去了它的源头。

河的源头在梧桐山牛尾岭的南坡,我在那里没有见到河,却见到了一个养蜂的客家老人。我是沿着河边的小路爬上山的,河在赤红色花岗岩土质的峡谷里蜿蜒前行,在一大片金叶假连翘灌木丛中突然消失掉,不见了踪影。那个养蜂老人在干涸的河岸旁忙碌着,沿着一排木质养蜂器走来走去,把糖浆和食盐融化在一只铜质水盆里,沁湿毛巾,把毛巾罩在养蜂器的纱盖上。我不大能够确定老人的年龄,他可能有70岁,但也许超过80岁,这个我不能肯定。

"水源在汝头顶。今日看唔见。"老人对我说,同时指了指天上。

老人和林若梦一样,说的也是客家话,就是说,我遇到了另一个土著。老人说水源在我头顶上,今天看不见,他的意思我明白。那条河不出自地下,北纬22°也没有永冻性冰川,河来自降雨,先是一滴,然后两滴,三滴,接下来会更多,南方不缺雨水,它们在梧桐山上形成一股股激流,汇集到低洼的圳涌地带,就成了河的源头。换句话说,这条河完全来自天上,天上不落雨,河就不在了。这件事情让我有点吃惊,要知道它不是一条普通的河,它是一条布满支流的水系,在深圳一方有沙湾河、布吉河、福田河和皇岗河,在香港那边有新田河、梧桐河和平原河,如果连河的源头都没有了水,那些支流怎么办?

"冇鱼。"养蜂老人接着说,"河里冇鱼。一条也冇。"为了说话方便,他取下头上的防护罩,露出一张红扑扑健康的脸:"偃在诶里生活了 70 年,从冇见过。"

"一次也没有吗?"我问,从旅行包里取出一瓶矿泉水,恭恭敬敬地举在头顶,示意要给老人送过去。我俩隔着一大丛簕杜鹃,我猜我把矿泉水举在头顶上,不是为了让老人看清楚它,而是担心他那些嗡嗡叫的小家伙以为我要抢它们的蜂蜜,群起而攻之,我是举给它们看。

"唔用了,偃带了水。偃同其兜人食一只桶里嘅水。"老人摆摆手,拒绝了我的好意,笑着指了指那些飞来飞去的蜜蜂和身边的水桶,表示他和它们喝同一只桶里的水,然后接着说,"原来有,今下冇了。偃屋喀刚从汕尾搬来时,阿哥带偃到天池里捉金尾人鱼,嚯,恁大一条,3 岁嘅细崽哩差唔多。"他张开双臂比画了一下。

我听说过天池的事,它在梧桐山山顶,偏东那一头,那里能看到碎镜似的海湾、远处的港岛和伶仃洋。我也听说过天池人鱼的事。我还见过它们,在课本上,这就是为什么我迷恋课本的原因。我知道人鱼的学名叫大鲵,也叫娃娃鱼、孩儿鱼、狗鱼,它是现存最大的两栖动物,叫声像婴儿啼哭,人们把它当成孩子,到处捕捉它们,然后把它们杀死,以至于它们在很多地方集体消失。我已经填写过大鲵在深圳集体消失的报告,并且把报告发送到教育部的官方网站,但没有得到任何答复。我不知道别的地方的情况怎么样,那些大鲵,它们是不是还像婴儿一样地啼哭?

"这么大吗?"我怀疑老人把人鱼当成了孩子,不然怎么会有这么大的人鱼?"您是说这么大吧?"我比画了一下,校正老人的尺寸。

"唔对,比介个大。"老人放下手里的毛巾,迈过一丛伏地箵杜鹃,绕过几棵红花羊蹄甲树,窸窣蹚过草地朝我走来。他拨开我的臂环,把它们往大里撑:"还爱大。偓阿哥骂偓,其唔让偓摸鱼嘅目珠。"

老人说最后那句话时显得有点不满,看得出,因为没有摸到鱼的眼睛,他生他哥哥的气,事情过去了几十年还记着仇。人站近了,我能闻到他的呼吸中有一股蜂蜜酸甜的味道。

我在想林若梦说的故事。我想,林若梦看到的那条鱼也许就是它。但我怀疑那条鱼能不能活过半个世纪,活到让林若梦看见,而且,那么大的鱼,大到人抱不住,它有一双明亮的眼睛,会像孩子般的哭泣,它怎么游过龙岗、罗湖和福田,游过繁华的市区,安然无恙地到达米埔,然后从那里进入大海?

我站在那里发呆,觉得有什么东西在暗中观察我。我扭过头去看四周的山野,再扭回头来看老人。

"就是说,这条河里没有鱼,很多年就没有了?"

"冇。"老人肯定地说,好心地用手中的防护帽往我的腿上扑了扑,赶走那里的蚊蚋,"有人。有过。鱼冇。"

"有人是什么意思?"我没有听明白,"您是说,有人在河里游泳?"这让我更加纳闷儿:"这条河不是禁游吗?铁丝网拦成这样,怎么下去?"

我说的是三岔河以下的那一段,河两岸的边境网竖了快100年,如今换成了高科技围网,能看见河,摸不着。

"禁唔禁嘅,其能拦住脉介?脉介也拦唔住。"

老人朝一边看了看,快速离开我,去河岸边趴下,从土沟里揪出一棵水蕨,扑腾两下掖进后腰,拍着手上的泥土回到我身边。

"偓细时候常在河里游水,游到香港介边去,再游转来。介兜年人们都爱游水,游过去就唔转来哩,总有好几十万吧,介个时候嘅河水真清亮啊。"

我的心脏狂跳了几下。我知道老人说的是什么,他说的是20世纪60年代到80年代的那些逃亡者,上百万内地人拥到深圳,跳进河里,奋力游向对岸的落马洲;他们中间有人被河水冲进海湾,埋进泥沙里,或者被海潮卷得更远……

"现在呢?现在还让游吗?"

本来我想问另外的话,比如说,他是不是近距离看见过那些跳进河里拼命游向对岸的人，或者说，他认识他们当中的一个，那个人的左眼睑有一块扁豆大的伤疤。但我没那么问。我知道他只是一个养蜂人，课本上的内容与他无关，历史也一样，他和我，和我们一样，不会记住他们，不会记住他们当中的任何一个"他"，问了也没用。

"让，酿般唔让，河嘛，唔游水做脉介。"

就是说，一切都没有改变，所有的历史都像一条河流，只有发生和结果，中间部分被河水带走，在大海中消失掉了。

但我不怎么相信老人的话。河已经不是当年的河，适合生命逃亡的水网地带早已不复存在，我想象不出，河从两座拼命生长的城市中穿过，车辆在河岸边招摇地驶过，隔着绵延数十里的边境围网，无数的彩色泳衣在河里竞渡或漂流，那是一幅什么样的画面？我还想，河从高楼大厦中穿过，要是有人看着眼热，人在28层，或者32层，受不了河水怂恿，从楼上一跃而下，像雨季到来前追逐昆虫的燕子，那会是一幅什么样的景象？

"奔汝开个料笑，"老人狡黠地咧开嘴笑，露出一排雪白的牙齿，"麻人冇事老来河里游水，爱游也去大梅沙。游泳池也行。深圳有十分多游泳池，每座楼盘都有一个，也有的两个，够游嘅。来诶儿嘅都唔妹游水，会游嘅下去前也得寻根索哩将自家扎住，唔然下去还得浮起来，白下去。"

我愣了一下，看老人，就像看一棵回忆着的树，掩藏了故事的岩石，或者他当年举家南下的那些习惯了沉默寡言的祖先。但我确定他说那些人下水之前会找根绳子把自己捆住，不是在开玩笑。我有点困惑。

"您的意思，他们不是来游泳，是来寻死？"

"反正冇打算浮在水面上。"老人说，有点感慨，"偓见过好几个，都系后生人，人捞上来发胀了，样子怪难看，爱让其兜人阿爸阿妈看哩吾知会酿般。也有偓冇看见嘅，偓兜人村有人看见。也有冲到下游去嘅，但唔妹冲太远，汝想啊，诶条河有几多人管，几多人看，能让汝老浮在水面上，四仰八叉浮出海去？唔能吧？"

太阳有点大，看上去有点晃眼。我觉得脚下有什么在涌动，不怎么踏实。我觉得那条河它不是不见了，不是干涸着在等待天上落雨，而是藏在什么地方，故意让我找不到它。

"照您说，往河里跳的都是年轻人，就没有不年轻的？"

我的思绪有点乱，不知道为什么要问这个，问这个有什么意义。但我就是那么问的，而且有点负气。

"有。"老人肯定地说，"深圳又唔全系后生人。深圳唔老，冇麻人规定上哩年纪嘅就唔能来，对吧？再话，后生人主爱在关外，宝安奈，龙岗奈，光明啊，坪山啊，工厂都开在那儿，廉租房也在那儿。后生人其兜人都十分唔得闲。后生人有得系办法。"老人由衷地说："后生真好。"

那以后我们又说了一会儿话，主要是老人说，我听。太阳越来越大，四周一片蚕鸣声，那些金色翅膀的蜜蜂排着队在空中画出一个又一个漂亮的 8 字图案，像是在举行某种仪式。然后老人骂了一声，朝那片伏地箣杜鹃跑去。那里出现了几只栗灰色尾翼长长的蜂虎，它们落在养蜂器上，朝养蜂器里探头探脑。我站在那儿，看老人哦哦地跑过来跑过去驱赶蜂虎，用一些我听不懂的话咒骂它们。然后我离开空空的河岸向山下走去，走的时候有没有向老人和他的蜜蜂挥手告别，这个我不大记得了。

我沿着小路往山下走，一直走到河水出现的地方。太阳晒得后背滚烫，我在河边的一块岩石上坐了一会儿，把最后一瓶矿泉水喝掉，继续往山下走。

在被山风吹得涌过来涌过去的阳光下，我大步走着，不知怎么就想到了林若梦。

我越来越想念林若梦，想得心里隐隐作疼。我想和她说说我心里的疼痛，指间的寂寞，说说她不在的时候我是如何躲在课本中喃喃私语的，她在的时候我还是躲在课本中不肯出来，因为我不知道那样做疼痛会不会减轻。我不知道林若梦现在是不是还在梳着她长长的黑头发，从唐宋时代一直梳到如今，要是梳完了，她会不会再花同样多的时间去寻找一顶美丽的凉帽，在找到它之后戴上它，骑上一匹南方的矮脚马，欲撩还羞地返回中原，结束长达千年的背井离乡。我不知道此刻林若梦她在哪儿，在做些什么，而且永远也不可能知道。

是的，事情就是这样，其实没有林若梦这个人，她也没有给我讲过那条鱼的故事。我是说，我的生活中从来没有出现过林若梦这么一个人，她是我想象出来的，这帮了我很大的忙。她是我生活的一部分，或者说，她出现在我的生活中，和我说话，陪我犯愣，有时候她会给我出一些难题，突然变得让我认不出来，或者生气跑掉，我就得去处理这些事情，由此弥补我现实生活中空缺的那部分，你可以把她叫作我的孪生移情或者阿尼玛。那条鱼也如此，它是因为林若梦的出现才出现的，如果没有林若梦，我不知道该由谁来给我讲述它的故事。

现在你们知道了，这就是我要讲的故事，它并没有一个精彩的结局，也许你们会觉得失望，但我试着把故事中间被我省略掉的那一部分补充进来。

事情过去30年之后，我确信了一件事，那个生下我而我却从来没有见过的人，那个证明我的生命的确有过出处的人，那个我应该叫她妈妈的人，她的确来过这里，而且，她就是在这条河里消失的。30年前的某一天，在生下我两个小时后，我家门前的那座小石桥坍塌掉了，我应该叫作妈妈的那个人，她的一只晾晒在桥上的绣花鞋也掉进了河里。为了这件事她疯了，沿着河流奔跑，去打捞她的鞋子，从此再也没有回家。等我长大以后，我也离开了家，开始在各地流浪。我把挣到的钱分出一部分寄回家，以便我的父亲有一天能够重新在家门口修建起一座新的桥，这样他也许就能再娶回一个女人，并且不会把她的绣花鞋弄丢了。

这就是我要讲的故事的全部。但是且慢，接下来一件事情发生了。我刚才说，我离开养蜂老人以后朝山下走，已经走到有河水的地方，我和那条河一起继续往山下走。这个时候，就在我向你们坦白我的分裂人格的时候，在我告诉你们我的妈妈走失掉的故事的时候，在我的身边，有什么东西从河里跃出来，高高地跳到空中，再落回到河里，发出泼剌一声。河水溅起来，落在河边几棵沉香木上，更多的河水泛起瓦亮的银光流走了。我站下来，怀疑自己的眼睛。

"不可能。"我嘀咕，"我眼花了。"我对自己说，也许那几株沉香木它们听见了我的话，"河里没有鱼，几十年都没有了，绝迹了。我真是见到鬼了。"

但是很快的，那个家伙又从河里钻了出来，高高地跃向空中。这一次我看清楚了，真的是鱼，一条两尺来长的火鲑。它顽皮地扭动着身子，身上的鳞片在阳光下晃疼了我的眼睛。

我咧开嘴笑了一下，笑容僵滞在脸上。我转着圈朝四周看，希望有人告诉我发生了什么事情。

河流涌上河岸，水母触手一般弥漫开，山坳里快速形成河网地带，几头威风凛凛的野牛出现在那里，警惕地盯着两头黄色皮毛的南豹。更远处的地方，海风涌上海湾，把一团团白色的云母沙推向蜿蜒的入海口，那里有无数的鱼儿欢快地跳上浪花。

我在原地转了个圈，揉了揉眼睛。我确信太阳在天上，我和河都在，可谁在撒谎呢？是我，还是"我"？

我站在那里，站在无人顾及的疯长的南方植物丛中，我想把自己扳过来，不再看那条正在快速弥漫开的河流，可就是做不到。

但是，别的事情已经不重要了，那条鱼它就在那里，它真的出现了，现在它已经落回到河水里，不见了踪迹，就跟曾经消失掉的河流，还有我的妈妈一样。我不知道我还能做什么，鬼迷心窍地朝那条鱼落下去的地方看了一眼，再看了一眼，然后朝它奔过去，纵身一跃，跳进了河里。

现在，你们能够为我作证，我是那条鱼了。

2014年3月18日

于深圳梅林数叶轩

猜猜云彩

那一年，我在内地的饭碗砸掉了，心血来潮，决定南下深圳，看看能不能找到一份工作。来得匆忙，一时没找到合适的落脚处，借常早的房子住了两个月。

深圳没有电影工业，电影人不多，基本属于候鸟，干活时飞去北京、上海，活干完回来，读书喝茶撩妹修行。常早九十年代来这儿，电影圈的人都知道他，一头高加索人自来卷发，一张兰陵王迷人脸，北电毕业的科班摄影师，第一部掌机片就是博得大名的《王村》，说起来前途无量，可却偏偏迷恋上消失的事物，不正经接商业片，筹集大量宝贵胶片拍岭南一带的蚝农和凉帽女。二十多年过去，如今他的学生成了国内一线电影摄影师，他还乐此不疲地在一千九百九十七平方公里土地上寻找比野牛还要稀少的凉帽女。

当年我和常早是同事。不是完全意义上那种。他掌机拍片，自己也做导演，我在厂里器材部做保管。他常来调器材，来时从不给清单，张口要这个那个，一副自家粮仓里抓蚕豆的主人样。有一次，他想找一位刚火起来的编剧写剧本，那位新晋编剧恰好是我舅妈家邻居，他托我打听，能不能给个友情价。事情我给他办了，他特别感谢，送了我两张他的电影签名碟，我高兴地收下。我没告诉他，那位新晋编剧多要了两成剧本酬金，多出的两成六四开，六成归了我。还有，剧本不是那位新晋编剧完成的，是戏文系刚毕业的研究生捉刀，这个我也没说，不能说。

话说回来，我来深圳那会儿，正赶上房价猛涨，我虽卖掉了内地的物业，兜里有几个钱，但在深圳买房远不够，只能租房，一时半会儿又找不到合适的物业，来之前电话里谈好的工作也吹了，总之，落脚处和工作的事情不怎么顺利，这让我有点沮丧。我每天早出晚归找工作，找房，顺便看看日新月异的深圳，回来后在煤气炉上煮点面条什么的，吃完躺在床上发呆，打发掉一天，然后期待第二天事情能有转机。

现在，可以说说常早的房子了。常早的房子位于罗湖区赤湾六路，坐落在一大片二十世纪八九十年代建起的工厂和陆续盖起的居民楼中，一室一厅，五十来平方米，常早花几万块钱买下的。常早后来在南山买了房，一百来平方米，相当不错的海景公寓，花了几百万。当然，海景公寓和我没关系，反正我出不起这笔钱。

我继续说。南方瘴气重，二十多年过去，当初兴致勃勃盖起的六层楼房早已锈色斑斑，看相不佳。不过，房子虽然旧了点，有煤气和热水，厅房里还有一张带两把塑料靠背凳的简易餐桌，可以说，相当阔绰。像我这样没有什么专长的人，工作不好找，只要能省几个钱，有地方睡觉，总比睡桥洞强。我这人有点信灵异，特别警惕沾上什么不好的东西，这方面比较节制。我住进来以后，把房间打扫了一遍，平时外出回来，在煤气上煮好面条，我也不坐，就站在厅房朝北的窗户前，边吃面条边看屋外的风景。有时候我会放下碗，掏出手机，从站着的地方往外拍几张照片，是一些云彩照片。每天出门之前和回来之后，我都会站在窗前，在同一个角度冲着天空拍两张。最初的想法，是想不出我死以后，有什么可以陪葬，如果和殡仪馆的人商量一下，征求他们同意，说不定那些照片能和我一块烧掉。至于为什么是云彩，我也没有想明白。

要说，那真是一扇好窗户。从那儿能看到什么？能看到大片的天空，天空下有一座体量不小的老旧建筑，需要探出半边身子才能看完整。我试过，手抠紧窗户沿，半边身子探出窗外，脑袋偏左，再偏右，不眨眼，这样就看清楚了。老旧建筑大约长宽各百步，三人高的青砖墙，四角各竖一栋二层碉楼，模样像个寨子。为便于叙述，我就叫它寨子。我看到，不时有神魂不定的鸟儿飞来，落在寨墙上，探头探脑朝寨子里窥视，就像我站在窗前看它们，然后它们再弹射出去，消失在四周的建筑群中。那些鸟儿羽翅别样，各美其美，降落和飞走的姿势完全不同，这引起了我的好奇。

有一天，我出门找工作和房子，回来得早，那会儿下面条或者发呆都不合适，于是我决定去看看那座寨子。

寨子大门向南，镶着一堵粉红石墙，门楼上嵌着块石匾,仰头辨认半天,看出"元勋旧址"四个字。石墙两边还有副对联,慢慢也认出来了,是"笋得栽培解箨春池龙已化""岗钟灵瑞和鸣丽日凤来仪"。我十二三岁进乐团敲扬琴,以后改行器材保管,没读过什么书,不明白对联什么意思,索性丢开,迈腿进了大门。

寨子里空荡荡的,一个居民也没看见,窄窄的街巷,横六纵三,老旧的房屋,多是罩式大门,两进带天井格局,大概上百间,沿青石板铺成的街道排开,有个不大的土地庙,还有座祠堂,门口挂着"同福堂何氏"的牌子。我有一搭没一搭地在寨子里逛着,好几次隐约听到什么,像是节奏感很强的风吹过去,停下来洗耳倾听,声音还在。就是说,声音不是我弄出来的,但却见不到人。沿街的屋子大多门窗紧闭,不像有人居住。有一家倒是开着门,门口摆放着老式玻璃货柜,柜子腿脱了漆,柜子里放着几封蒙了灰尘的云糕片和一些装在塑料袋里的乌榄,旁边支着一口油锅,锅里的油早冷了,一把漏勺架在油锅上,勺子里还盛着两只蔫塌塌的煎堆。我打算买包云糕,夜里失眠时充饥,叫了两声没人答应,一只猫答应了,它在我身后说,喵。我回头看猫,它站在街对面的滴水檐下,一身钟馗黑皮毛,一双狐仙媚眼,尾巴又长又粗,不像谁家的宠物。我不知道怎么和它对话,关键彼此不认识。猫像是有同感,微微仰了仰脸,不待见地拍一下尾巴,斜过身子走掉了。

离开寨子，回到住处，我一边烧水煮面条，一边仔细回想，最终得出结论，刚才在寨子里听到的声音是管乐声。嗯，一把圆号，不知躲藏在什么地方吹奏，声音丰满优雅，可以说，高贵的它在努力摆脱自带的阴郁。要知道，这是一件困难的事情，你得把音符往上提，找准音，除非口轮匝肌相当发达，而且有一把号嘴匹配的巴哈牌阀键号，否则难以做到。我这么说，是因为这正是我的痛处。当年在乐团敲扬琴，患上腱鞘炎，我仗着嘴大，闹着改行去管乐组，最终没去成，连民乐组也待不下去，被踢去搞后勤了。

好了，现在我要说到这个故事最重要的内容了。说起来，幸亏常早关照，我暂时落下脚，有个权衡之计，因为如此，也认识了常早的几个朋友。当然，说不上真正认识，比如王不空，他正经职业是洗片师，也做摄影师，替香港几家娱乐刊物拍封面。不过，我们只是一面之交。实际上，目前关于这个也存疑，就是说，我们是不是见过很难说，反正以后我再也没有见过他。

就说王不空吧。那天他一大早来找常早，我正站在窗前吃面条，打算吃完面条洗过碗，出门去找工作和房子。我去开了门，门外站着个中年男子，高高的个头，是那种无依无靠的单薄高，一只肩膀向一旁耷拉着，样子像北方平原上的树，被朔风吹歪了身子，一双不大的眼睛，透着碎银般的细光，让他有了点神丰之气。中年男子看我一眼，问你是谁。我把目光从他脸上移向门框，稍做评估，确定门框正着，不是管沉或者地震现象。然后我回答了男子的问题，我说了我是谁，再问他是谁。中年男子说他姓王，叫王不空，老常的朋友，来取东西，早先放在这儿的，明天要用。我问老常知道吗，我意思是，我不是主人，你得拿主人条子来。那个叫王不空的男子看着我，目光闪烁，身子往回收，就像慢慢拉开的龙舌弓。我倒没害怕，要知道，他身子歪得厉害，就算他真有箭矢发射出来，不知道怎么找准头，我觉得有点勉强。

接下来，叫王不空的男子掏出手机，滴滴答答拨通了电话。他电话收音效果不好，能听见常早在那头大声冲谁叫喊，拉上去，绳子拉上去！不要松，千万别松！王不空皱了皱眉头，爱惜耳膜地移开手机，远远伸出胳膊递给我。我摇摇头。我不是自恋者，不替谁受过，而且，我觉得常早这会儿工夫肯定在自甘堕落，继续把不菲的资金砸在不值当的怀旧片上，反正房子得我自己掏钱租，他不会赞助我，我干吗要陪他悲哀。我拉开门，从门口退开。

叫王不空的男子进了屋，熟门熟路，径直去了卧室。卧室门敞着，我能看见他。他朝两边看了看，没找见搭脚的，床垫掀起一角，脱下只鞋，单脚上床，金鸡独立，伸出胳膊拉开床头上方的储藏柜，够着身子在里面摸索。他个子高,胳膊也长,一下下踮着脚,倒不显吃力。不知怎么的,我突然想起当年学扬琴时,老师讲倒垂帘法,讲错落有致的高低音阶,提到白乐天两句诗:"猿攀树立啼何苦,雁点湖飞渡亦难。"我那么一想,觉得有种窥视者的羞耻感,于是收回视线,去厨房洗碗。洗完碗出来,听见卧室里窸窸窣窣,我没再往里看,拿过桌上的手机,冲窗外拍照。还好,朝霞还在,没烂成鱼糜粥。

一会儿工夫,王不空出来了,听见他噗噗拍打着什么,脚步朝大门方向去,到门口犹豫一下,脚步收回,向我走来,在我身后停下。

"你干吗?"他问道。

"拍云彩啊。"我感到他喘息吹得我脖子发痒,隐约有股早餐肠粉酱汁的姜葱味。

"这样拍不行,知道吗?你会让云彩死掉!"

我回头看王不空。他一脸怒气地看着我,鬓角上挂着一缕蛛网,活像不争气的廉价头饰。我心里暗笑,他说死掉什么的,好像云彩真有生命,他又不是这套房子的主人,哪来的怒气?我没理睬他,转身继续拍我的。

"喂,注意前景!"他在我身后继续大声叫喊,"没有前景的风景照全是狗屎。还有比例,比例知道吗?云彩不是你碗里的缩水棉球,你得强调真实比例。瞧见那只鸟了?抓住它,别让它溜掉!"

真是烦死了，我再次回头，这次朝他狠狠地剜了一眼。王不空，如果他叫这个名字的话，他完全没有看出来，口欲期未得到满足，试图在圆号上找回自己，最终没能实现愿望的我最讨厌别人多嘴。可是，没等我反应过来，他把一包东西放在桌子上，从我手中一把夺过手机，毫不客气地把我从窗户前挤开，自己站到那个位置上去，两只胳膊轨道车似的平推出去，熟练地使用起我的手机。

"喏，看着，看到滴水檐了？拉进来，注意对角线，拍风景不是摊大饼，得有景深明白吗？人的视线超九成从左到右检索，要引导人们的视线。测光，对焦，快门，看到没，这样云彩是不是活了？是不是比你爹拍得好？"

我气坏了，伸手去王不空手里夺手机，我的手机，花两千多元买的。王不空像猩猩一样架起双臂把我隔开，快速查阅手机设置。

"你有多傻，这机子配了HDR，能连续欠曝、正曝和过曝，整合出最佳曝光图片，用它你什么细节都丢失不了。"他调整完设置，长长舒出一口气，手机大方地拍在我巴掌里，怂恿说，"来，你试试。"

遇到这么个喜欢指手画脚的人，我很生气，但有什么办法，他说得头头是道。我朝桌上瞟了一眼，看他放在那儿的东西，是一包纸封陈旧的柯达牌16mm电影胶片,傲慢地趴在桌上,像是替主人站台。接下来,借我生涩地摆布 HDR 设置的时候,王不空说了一些他的情况,身份啊资历啊这一类硬通货,听上去,他干的活挺复杂,涉及在复杂的光线层次中不遗余力地捕捉无所不在的细节,把微妙的场景和真实色彩还原到最佳状态这一类令人晕眩的手艺。按他的说法,这方面他挺牛,他为林岭东的《监狱风云》和程小东的《倩女幽魂》洗过片子,以他在行业中的地位,就算优等生常早也给不起价请他洗片,他没必要和我这种连取景都哆嗦的雏子较劲。

这家伙那样一说,我就没话了。要知道,我非常尊敬专业工作者,我自己也想做高贵的人,比如用圆号吹奏莫扎特第一协奏曲,如果某个人在某行是大家公认的翘楚,我又有什么必要太看重脆弱的自尊?为了表示对专业工作者的尊重,我按照王不空的指教,摆好姿势,端稳手机,两只胳膊做成轨道,战战兢兢推出去,猫学虎样地取景。

"蠢货,别那样!"王不空在我身后吼道,"干吗使用缩放?只有傻子才会那么做!如果不能爬到天上去抚摸你的云彩,那就用后期裁剪!"

这次我没反抗,憋足了挣表现的劲儿,按他说的试了几张。还别说,真管用,照片质量立刻不同了,怎么说呢?我觉得照这个样子拍下去,很快我就能拍传说中的情绪片,说不定能在常早面前显摆一下。

"看到了?"王不空得意地喷了两下嘴,有股很受用的成就感,"再教你一手,别只盯着柔光拍,那和自拍大妈没什么两样。暴雨前的滚滚乌云,耶稣光,地表光折射,积水倒影,都能拍出好云彩,知道了?你根本不需要天气眷顾,你就是自己的老天爷。"

那话怎么说?事实胜于雄辩。我转变了对王不空的态度,冲他投出敬佩的一瞥。王不空根本没接我卑微的眼神,伸手从桌上抓起胶片包,朝门口走去。我有点遗憾,或者说,有点不舍。我来深圳十几天,每天和朝气蓬勃的前移民们谈工作谈房租,却没人正眼看我,更别说掏心掏肝地和我说这么多话。说真的,我喜欢这座城市,我猜我会爱上它,我希望能和早来这座城市的人们有更多交际,那会让我早点进入一个全新的大家庭。

"这就走?"我说,"要不,喝口水再走?"

王不空已经走到门口,拉开门了,他停在那儿,回头奇怪地看了我一眼。如果我没猜错的话,他眼神里是那种看明白了一切,却不说破的揶揄。我有点不好意思,回头看窗外。不是看云彩,云彩已经变了样子,别说耶稣光,啥啥都没了,不适合拍了。要知道,我现在已经能识别什么是好货色。

"那什么,那是谁家的寨子啊?"我没话找话,朝窗外那座老旧建筑看了一眼。

"你不知道?"

王不空边说边往回走,走回窗前,和我并排站在一起,我俩一块儿探头朝外看。窗户有点小,但足够了。

"当地人叫笋岗老围,东莞何家人集资为老祖宗何真建的宗祠,最早只巴掌大一块,后来何真的四世孙何云霖买下旁边的地,扩建成现在的样子。"

"何真是谁?"

"明朝开国元勋,正二品东莞伯。"

"东莞伯是什么官?"

"呵呵。"王不空朝我看了一眼,眼里的碎银色收去,不像嘲讽,"省长知道吧?相当于省长。那会儿没有书记,这儿也不叫深圳,叫东莞,比现在地盘大多了。放在那会儿,你我都是东莞人。"

原来元勋旧址是这么回事。我想起来,之前去寨子里,见宗祠内墙上嵌着块石碑,写有"本族始祖讳真,明封东莞伯,赠侯爵恭忠靖"字样,落款是民国初年。我喜欢地盘大这个说法,多好的山海之地,植被妖冶,氧气充足,魅影似的大白鹭满天飞,干吗不大点儿?但得有份工作,不然再大也没法活。但是,东莞人?这个没想过,我怎么知道明朝的那些事儿?

"明白了,就是说,寨子是个叫何真的明代官员的老宅子。"我说。

"他可不是随便什么官。从他身上,能看到岭南人的影子。"

王不空视线离开窗外,回过头来面对我,身子靠在窗前,怀里抱着那包胶片,样子像是随时打算离开,这让我有点不安。

"怎么说呢?何家是官员世家出身,何真大个头,美髯公,能文能武,相当骁悍,十八岁就在大元人军队里做副指挥长,二十岁转到淡水盐场做管库,肥差。"

王不空停下来,皱了皱眉头,好像不太想说下去。我有点紧张,担心他就这么结束。但没有,他又继续下去,我明白过来,他是在整理思绪。

"元末那会儿,到处都乱了。何真有个叫王成的同乡,纠集一众地痞匪盗鱼肉乡民,何真向元帅府投诉。狗官受过王成贿赂,下令将何真抓起来。何真一看不妙,官也不做了,带着老母亲逃到泥冈村,征集义兵,攻打王成,没攻下,回击惠州叛将黄裳和王仲刚,把黄裳赶走,杀掉王仲刚。大元人见何真能成事,让他当了惠阳路同知、广东都元帅,令他镇守惠州。"

"嚯。"

我夸张地喝了一声彩,意思是我不在乎这个叫何真的东莞人能当什么官儿,只要有人和我多说话,无论说什么我都信,让何真当丞相都行。

王不空没有看出我的心思,继续说:

"伶仃洋有个叫邵宗愚的大海盗,趁着天下大乱,攻入广州，杀掉大元人的江南行侍御史八撒剌不花，大肆屠城。本来没何真什么事，可他不干，率兵北上，一顿箭矢，愣是把广州收复了。大元人看出何真是厉害角色，提拔他做了广东分省参政。再以后，何真带着何家兵打遍闽赣粤，一直做到江西福建行中书省左丞，成了岭南一代霸主。"

没想到，这家伙还真当上了丞相，虽说行省丞相只相当于省府秘书长，也算光耀门楣。我不由朝窗外看了一眼，立时感到，几十米开外那座寨子有点熠熠发光的模样。

"话说，到了1368年，明太祖朱元璋在应天府称帝，国号大明，派兵征讨四方。"王不空没留意我，继续说故事，"广东各支民军纷纷协助大元人抗明，岭南势力属何真最大，可就他没动静。何真有个部下叫陈符瑞，劝奔大衍之年的何真，不如学南越武帝赵佗，借这个机会割据称王。何真笑着反问，我若称王，朱王不肯，兵戎相见，岭南万千生灵如何处置？"

"他没听这个？"我猜。

"嗯。"王不空点点头，眼里闪过一串碎银光，透露着看好我觉悟的赞许，"何真不由陈符瑞分说，叫人把他推出去斩了，然后问手下人，谁读过朱王的《谕中原檄》。部下无人读过，何真就把朱王驱逐胡虏、恢复中华的政治纲领从头到尾说给部下听。随后招来地方官员,令其帮助岭南百姓安居乐业,再招来粮草官,令其带足兵粮,远迎南征的明军。自己则率十数偏将轻骑,前往赤湾坐等明军到来。"

"这样啊。"

这个我可没想到。一员骁将,打遍岭南无敌手,却选择不战而降,这算什么?但我更担心的是,这不会是故事的结束吧?

"天下事兴废有数,那一年,大元人对华夏九十八年的统治结束了,岭北打成一片,岭南却兵戈未动。何真以保民达变,易乱为治为策,交出户籍官印,让明军坐收领地。明洪武帝老朱没想到这个结果,对何真刮目相看,再一问,何真字邦佐,老朱大喜,立刻任命何真为江西行省参政,以表来归之勋。何真八个儿子,也都弄到新朝中做了官。"

"明白了,开国元勋,指开朱家王朝的国。"我有点佩服王不空,难怪他能替香港导演洗片子,还能把云彩拍活,人家肚子里有货。

"老朱是雄视六合的人物,用人有一套。"王不空继续说,"他看出何真能治理地方,真把何真往刀刃上用,不到十年工夫,他就叫何真在山东、四川、山西和湖广行省布政使位子上转了一轮,不光用何真,还用岭南兵,隔两年就让何真返回岭南去召集旧部,带去岭北打仗。"

"老朱玩韬略，"我笑了，"调虎离山不算，还把老何势力收拾干净，不让其坐大。"

"你当何真不知道？二十年，他愣就没吭一声，忠心耿耿替老朱卖命，每年按时到京师朝觐，礼带最大份的，三拜九叩一丝不苟。老朱在朝上戒谕，他在下面趴着嗯嗯点头，一句废话也没有，在京师待着的日子也不乱跑，绝对不和武官们来往，只和宋濂交往。"

"宋濂是谁？"

"明初诗文三大家、翰林院学士、太子师，比何真大出一轮。两人是忘年交，何真没事就去宋濂家，和宋濂讨论《元史》。"

"讨论《元史》？"

"老朱重修史，修《元史》是他交给宋濂的活。"

"后来呢？"我隐隐觉得老何不简单，心里憋屈着，就是不说。

"宋濂快到古稀之年那会儿，不想干了，闹着告老还乡。老朱劝不动，亲自为太子师设宴饯行，朝中有脸面的都叫来凑兴，用成华斗彩高足杯喝秋露白，打十番鼓，唱时曲，留下史上美谈。"

"那，宋濂一走，老何在应天府岂不是没地方可去了？"

"何止这个，上宴太子师这事儿没过三年，宋濂的孙子宋慎牵进胡惟庸案，宋家落得满门抄斩，宋濂本来也在名单上，马皇后和太子朱标苦苦陈情，老朱才放过太子师一马，人贬徙去四川，结果还没走到流放地，人就病逝于夔州途中。"

我打了个哆嗦，感到一股险气扑面而来，不禁下意识扭头看了看身后窗外那座寨子。

"岁月如梭，何真到六十多岁时，也干不动了，向老朱请辞。老朱也不挽留，给了他个正二品衔，人召回应天府，说你哪儿也别去，就在我身边待着，我赐你世铁券，只要不谋逆，一切死罪你免二死，你儿子各免一死。"

"就是说，不许回岭南，也别反我，就待我身边，杀人都行？"

"那会儿何真弯腰都困难，如厕得人扶着，你觉得他杀得动谁？"

"倒也是。"

"老头儿没辩解，捐了惠州的私第私田给地方办义学，自己在京师待着，心如止潭，大门不出，二门不迈，在家读邓牧的《伯牙琴》和老友宋濂的《周礼集说》，没多久灯油熬干了。朱元璋听说后赶到老头家里，问老头儿有没有后事交代。老头儿说了三件事。"

"哪三件？"

"国礼补遗、丧礼服制补遗、国史补遗，件件都是老朱关心的朝廷礼仪大事。他当年不是和宋濂交好吗？

宋濂和他讨论过这个,老头儿一直在心里温习着。"

"他没提岭南?"

"别说岭南,连何家他都一字未沾,一代岭南霸主,就这么合上了眼睛。"

"这样啊。"我有些不解,不是说何真身上有岭南人的影子吗,难道岭南人不思故乡?

"何真一闭眼,老朱慢慢起身,扭头看案几,案几上堆积着《铁榜文》《资治通训》《臣戒录》《志戒录》什么的,全是他老朱颁布给公侯们的申诫和劝谕文件。老朱瞟一眼跟在身后的内府官员,清清喉痰说,朕平定天下时,邦佐有聚众之势,却为一方百姓率全土来归,从此无一字言及家事,实乃真男子,今以年高善终于家,朕甚悼焉。他不是说说,亲自写了悼文,下令朝中百官素服三日,将何真厚葬于京师城南八里岗。"

"完了?"这故事越听越硌硬,但我猜它还没完,何真八个儿子,就像天上的云彩,这朵没了,后面还跟着。

"没完。"王不空看我一眼。

这样,王不空就能再待一会儿。我琢磨是不是该叫他暂停,我替他把脑袋边上的蛛网弄下来,免得顶在脑门上,他身子斜得厉害。

"但凡是个人,就想做福泽万代的事情,老朱也这么想。"王不空倒没有头上沉重的负担,继续说,"为保太子朱标继位，老朱精心打造了武人集团，可朱标没这个福气，壮年早逝。老朱计划落空，只能重起炉灶，扶植皇太孙朱允炆继位。"

这个我懂，世袭制跟肿瘤一样，别说六七百年前的明朝，眼下世界上也能拎出一大堆。那就得把之前为太子保驾的武人集团铲除掉，不然太孙接不上班，老朱只能干着急。

"那些年，除了跟退回大漠以北的残元死掐，老朱就一门心思清洗太子集团，那都是他亲手扶植起来的功臣宿将。先杀了丞相胡惟庸和太师李善长，累及党羽三万余，宋濂家沾上的就是这个案子。之后又捉了征虏大将军蓝玉，直接剥皮揎草，连坐党羽景川侯曹震、鹤庆侯张翼、舳舻侯朱寿、定远侯王弼等，凡万余五千人。"

我心里一紧。要这样，老何八个儿子在朝，就算是云彩，到底在老朱的天上，躲得过蒸发，未必能躲过致雨。

"何真的儿子没能幸免，长子何荣、次子何贵、六子何宏连坐蓝玉党案，身首异处。何真的胞弟何迪害怕祸及自己，干脆叛了，被捉住砍了头，何家半数男丁做了冤死鬼。"

"这就，完了？"

我突然感到愤怒，被王不空的故事一步步带进迷宫，按说何真骁勇不让他人，半生仰人鼻息，也算个独清独醒的人物，八个儿子，故事应该是老何乘以八这么长，怎么脑袋却不经砍，一顿就砍光了？

"记得何真的忘年交宋濂吗？"

当然记得，老何拿来打掩护的翰林院大学士，惨死在贬徙途中的太子师。

"宋濂是明代大儒，著名的米上题字，说的就是他在一粒米上写下孝、悌、忠、信、礼、义、廉、耻八个楷书。可很少人知道，何真生前也在一粒米上写下了八个字，据说是他给儿子们留下的家训。"

"哪八个字？"

"宋濂见过，从没对外人提起过，这个秘密再没有其他人知道，世人一直在猜测。"

王不空意味深长地看了我一眼，那一眼简直是碎银割心，是个人都受不了。然后，他手肘一撑离开窗前，抱着胶片包往门口走。

我特别失望。不是失望他这就走，而是他的故事留下一堆云彩般的疑问，让人怎么猜？也许因为这个，或者还有别的，我没忍住，在他身后大声说了一句：

"这算什么破故事，要我看，全是你编的。"

王不空停下拉门的手，回头看我，明显有点不高兴，因为平衡关系被打破，他脑袋歪得厉害，完全失去了平衡，我感到一阵目眩。

"你意思是我撒谎?"他眼神沉重地反问,"你什么都不懂,那话怎么说?一张白纸。"

他把门关上,再度转回来,手里的胶片包嗙地放在桌上。能看出来,他有点累,拉过一张靠背椅,在上面坐下,那种骑马式跨坐,一只胳膊耷拉在靠背上,人斜着,两条腿神经质地抖动着,让人担心他会从"马背"上滑下来。

"再给你说个故事吧。知道1992年那张著名的伟人眺望香港照片吗?"

"你是说,国贸楼上那张轰动世人的照片?"

他难不住我。来深圳前,我熟悉过这方面的资料,他说的1992年对深圳非常重要,那一年那位伟人在深圳的所有照片我差不多都看过。

"这不怪你。"王不空嘴角露出一丝揶揄,"那年伟人来的时候,先后几十位摄影师跟着拍,照片上万张,摄影师私下公认,拍得最好的不是你说的那张,是我拍的。"

"呵呵。"我差点没笑死。

"别不信。"

"拿出来我就信。"

"不行。"

"我猜也不行。"

"照片按规矩都得审。"王不空没有被我的嘲讽打击住,"内部挑选了一下,我拍的那张连底片一块儿收走了,说是要用,可最后没用,一次也没用,它失踪了。"

"怎么可能?"

"我问过,上面查了档案,说没有那张照片的登记信息,他们就是这么告诉我的。"

"那,你拍的什么?"

"想知道?"

"当然。"这一次,和留他下来陪我说话没有丝毫关系。

"记得是1月19日,天没亮,我跟着一台纪录片摄影机,和一群纪录片摄影师、新闻图片和文字记者一起守在皇岗口岸。我的摄影师说了个笑话,大伙儿都笑,有个当官的过来要我们严肃点。上午十点左右,车队过来了,那位伟人从面包车上下来,口岸站长跑过去敬礼,摄影机快门声响成一片。本来没我什么事,我那天的活就是跟机,当时我带了台柯尼卡C35EF3,那种自动曝光的135相机,我打算拍两张工作照。可能之前没旋紧,我把相机从包里取出来时,滤色镜从镜头上掉下来,落进一丛草中。我俯身去拾,身后一位摄影师抢到前面去占机位,推了我一把,我没站稳,连人带过滤镜一起滚下了河岸。

"那一跤摔得够狠,直接摔进河里,幸亏我抓住草稞,没淹着。我从河里爬起来,还好,手肘和手掌擦破点皮，别的没伤着。我抹掉身上的泥，脱掉上衣，在草稞中找到相机和过滤镜，准备爬上河岸，这才发现事情有些不对。

"河岸是自然落差，七八尺高，水泥砌的，什么援手都没有，没人帮助根本爬不上去。那会儿大家都在工作，盯着大人物，唯恐错过镜头，保卫人员比他们更紧张，就算他们爹妈掉进河里也不会管。我被人们遗忘了，很狼狈，尴尬地站了一会儿，只能沿着落马河岸走，想着找个地方爬上河岸。那个地方还真被我找到了，就在落马洲桥下不远，有条被荒草掩盖了一半的石梯，可能是维修桥基用的。我打算从那儿上桥，再返回人群中。就在这个时候，一件事情发生了。"

"什么？"

"那个大人物，他离开人群，走上了落马洲桥，沿着桥向南走来。随从们不敢跟太近，摄影师和记者们之前也没有得到允许上桥，人们远远落在后面。你知道，那个大人物是小个子，人们一直在私下议论他的个头和心脏的比例，他走得很快，急匆匆的，像一粒弹射出来的种子，又像要丢掉身后的什么。他一直走到边界线前，停了下来，回头望了一下来处，再转回身去，目光投向南方。他站在桥上，身子笔直，一动不动地凝视着远处。那是他从未去过的地方，他为它拼过命，在晚年的时候，他把一生的荣辱都赌上了，他说他想去桥的那边看看。现在,他就那么一动不动地站在那儿,那是他和那边距离最近的一次。"

我感到自己的心脏在怦怦地跳动,这种情况过去没有过。

"我就在他脚下,仰头就能看到他的脸。那个角度特别奇怪,我猜没人从那个角度观察过他。可我看见了他的脸,他脸上有非常丰富的光线,它们奇异地从他脸上掠过,我不知道是不是云彩的反射造成的,可云彩不会有那么复杂的光线。我看到了他的眼神,你要知道,那种眼神,那种来自灵魂深处的目光,不是人们一生中必定可以见到的。我当时像被电击了一下,完全没有意识过来,举起手里的相机,摁下了快门。"

有一段时间,我俩都没说话。王不空没说,我也没问。然后他长长地吐出一口气,慢慢说:

"他站在那儿,云彩从他头上掠过,他的眼神,我说了,那是一种非常复杂的眼神,我完全无法形容出来,可我永远也忘不了。"

关于云彩的事情,我一直没有问,眼神的事也没问,我好像被什么事情慑住了,开不了口。王不空是什么时候离开的我不知道,那天我随后也出了门,去找工作和房子,和之前一样,它俩都没有下落。但那天的情况有些不同,无论我去什么地方,进门之前,出门之后,我都会下意识抬头往天上看,看看那里的云彩。我觉得，我和云彩之间，应该发生了些什么吧。

过了两天，常早来了，带来一箱母带，他要把那些母带放进卧室的储藏柜里。常早在床头爬上爬下，我在下面帮助他。也许储藏柜提醒了我，我想起王不空，就从兜里掏出手机，找出这两天拍的云彩给常早看，问他我的拍照技术是不是有飞跃。常早不怎么上心地瞟了一眼，说还行。我说是你朋友王不空教的，他点化了我。常早停下来，居高临下地看了我一眼，然后把取出来的东西一样样放回储藏柜。干完这些，他关上柜子，从床上跳下来，去卫生间里洗手，洗完回到厅房，在靠背椅上坐下，看着我。

"王不空是谁？"

"你朋友啊，忘了？前两天他来拿电影胶卷，顺便教了我这手。"我笑嘻嘻回答。

"我不认识王不空。我没有这样一个朋友。"常早说。

我笑了一下。我想，作为科班出身的摄影师，常早有对纯粹艺术坚守的固执，这容易产生技术洁癖，因为我这个雏子学有上进，贬低了他技术主义者脆弱的尊严，心里不舒服，才这么说的。

"储藏柜里没有胶卷。"常早继续说，"圈内规矩，器材借出，不替人保管，器材会生气。"

"别逗，他的确是你朋友。"我继续笑，看着常早，然后不笑了,"我的云彩拍得不一样了,用他的话,没有死去,是他教的,这是事实吧?"

"能说明什么?什么都不能说明。"

"怎么可能?"我有点急,"他给你打电话,就在门口。我以为门框歪了,其实不是。你有没有在电话里面说绳索的事,你说别松手,把绳子拉上去,你冲人喊。"

"绳子?"常早困惑地看我,"我爱干什么干什么,最讨厌约束,干吗要绳子?"

"好吧,"我觉得,这会儿工夫的我,就像个手艺稀烂的小偷,特别无能又特别无耻,"你的意思,两天前没有一个叫王不空的朋友拨通了你的电话,你否认这个?"

"干吗否认,我说过,我就不认识王不空。"常早不耐烦了,"我在大鹏待了五天,手机忘在家里,昨天回市里才取到,这五天,我连电话都没沾过。"

我沉默了。

常早是那种一根筋的人,不和人开玩笑,也从不撒谎,我认识他时他就这样,他显然被这件事情弄得有点恼火。但这不可能,我的确在王不空那个收音效果不好的电话中听到了常早的声音,他朝人喊绳子什么的,这个不会有错。而且,就算我做白日梦,绳子是我臆想出来的,我历史课烂成渣,最好的成绩不超过三十分,我来这儿才十几天,根本不可能知道何真这个人,不可能知道这里的人七百年前都是东莞人。如果没有人告诉我，我拿什么去臆想出一个活生生的人和一个复杂的家族经历？

现在，我和常早两个人呆在那儿，他坐着，我站着，我俩都觉得事情有点不对，无论他还是我，我俩面对一件蹊跷的事情，而我俩对这件事情都无法负责。

接下去的事情对故事没有什么意义，说了多余，就不说了。

对了，还有一件事情我忘了说，常早借给我住的这套房子，它的结构有点怪。我这么说不是挑剔，更不是说房主和建筑者的坏话，只是某种奇怪的理由，我开始没有介绍清楚。实际上，这套房子的卧室里没有窗户，是完全封闭的四堵墙，厨房和卫生间也没有，好像专门为鼹鼠、土龙、钩盲蛇、蚂蚁，或者囚徒设计的。好在，厅房破了例，有扇单开的窗户，感觉设计师已经做不到完全避开窗户，黔驴技穷，才无可奈何地让窗户出现在那儿。不管怎么说，如果你人在厅房，站到如此宝贵的窗户前，一点也不影响从窗户里看到天空中的云彩，而且拍摄下它们。

2020年3月8日

于深圳听山室

离开中英街需要注意什么

早三十年，中英街可不是现在这个样子。嗯，更早些时候，大约两百年前，梧桐山脚下流淌着清冽冽的滘水河，河两岸一年两造，生长着由青及黄的南方矮禾稻谷，一些风逸而神气的白鹭鹚黑鹭鹚抻展开阔大的翅膀从山腰间滑翔而下，落在河边，碎步跑动着追啄鱼虾，那是一道让人舒心的自然风景。1898年，清政府和英国签署了《展拓香港界址专条》，滘水河做了分界线，河北是清人祖上留下的地盘，因"日出沙头，月悬海角"得名的沙头角，河南则变成了英国人新租借的土地。一开始，南岸的人们不干，两岸本是一家人，阿太阿叔住河这边，赖里妹里住河那头，河水在自家土地上流淌，怎么就拿来做了界河，生生分割出两家？于是反抗，结果被英国皇家步兵操着李-恩菲尔德步枪一顿狂射，镇压了。滘水河目睹惨案，生了气，像是有意为之，不久就丢下界址改道去了北边，不在中间阻拦，让签下界址条约的双边官家尴尬。两岸的人们不管界址的事，他们在逐渐干涸的旧河道上踩出一条土路，管它叫鹭鹚径，在鹭鹚径上搭建起油毡棚，住下来，使用只有当地人才能分辨的围头话、客家话和汀角话拉家常，和仙女般和美的鹭鹚为伴。再以后，油毡棚换成洋灰房，鹭鹚路慢慢变成一条街，街后几家作坊，造陶瓷、砖瓦、农具、香粉和凉果，人们把劳动收获的稻米、鱼虾、禽畜、蔬果和土布拿到街上出售。到了20世纪30

年代，属于新界人的赖里妹里在界碑南边开起店铺，向尚处闭关锁国的界北阿太阿叔卖些洋货，再收些北边的土特产去港岛和九龙卖，鹭鹚路改名中英街。

我就是在这条街上找到了我的人生。

1983年中英街开街，吃免税饭的水客佬纷纷拥向这里。你想想，隔一道关口，商品差价百分之六十，那是什么赚法？等于捡钱。早三十年，我在这条街上混，多年后回想往事，仍然心潮澎湃，那时候的中英街生机勃勃，它是我的梦想之地！

之所以提起这件事情，是我以为早已忘记了。我如今已奔耳顺之年，那会儿二十郎当，什么梦没做过，什么苦没吃过，一腔热血里蹦跶着一颗雄心，没人拦得住。现在？梦早醒了。人不能一辈子好运气，我早想通了。我现在和侄子经营着一家建材店，他大学毕业没找着工作，我阿哥七九年逃港后一直没音信，不知生死，我得替阿哥当阿爸，养他老婆和一双儿女，你说对吧？

哦，扯远了，说主题吧。今天早上，我接到一位年轻人的电话，对方问我是不是周锦堂先生。我是叫这个名字，打小起没有改过。对方说他叫班森，B-e-n-s-o-n，那是他的名字。我当然没听说过这个名字。他说了他是谁的儿子。我是毛更新的儿子，叫班森的年轻人在电话那头说。有一阵我没有说话，脑子里一片空白，但很快回过神来。我说，哦。我说了哦以后又沉默了。叫班森的年轻人告诉我，他父亲半个月前去世了，胰腺癌，他是父亲唯一的孩子，和母亲从欧洲赶回来处理后事，计划明天返回欧洲，昨天打包父亲遗物时，发现了一件和我有关的旧物，他觉得这件东西很重要，但他从小不在父亲身边长大，不了解父亲的社会关系，他通过政府有关部门找到了我的联系方式。现在的城市靠智能管理，要找到谁很容易。叫班森的年轻人说，他想和我谈谈，希望我能见他一面。

这就是我突然想起当年那些事情的原因。

收起电话后，我问侄儿，班森是什么意思？侄儿在店铺门口帮客户往车上装货，怀里抱着一捆多芯线，眼仁轱辘了两下，说，好像是，有父亲的性格吧。我说，哦。我说完哦以后就想，侄儿和叫班森的年轻人，他们都没了阿爸，这件事情，它是怎么发生的？

那年我刚到中英街时，街上只有几十家铺子，卖些内地不多见的日用品、化工面料、电子产品和金器。一开始我替老狐带货，主要是录音机和手表。老狐姓胡，新界的水客头，做内地收购商的生意，人们管他叫老狐，就像我姓周，人们管我叫阿粥。说起来，我和老狐算远房亲戚，我们两家都是博罗杨村华侨农场的归国华侨。老狐的阿爸是印度尼西亚大学教授，回国后落了个右派成分，家里子女多，老狐在家不受待见，十几岁跟人逃到香港，揾了几年工，拿到香港身份，中英街开埠后，他在街上做港行转陆水，组织人从新界带货过关。老狐手下有几十个带货蚂蚁，多数是做兼职的打工仔，也有几个深户，挣点辛苦的水钱养家糊口。我一直跟着老狐干，他很照顾我。

一开始我办的是蓝证，一次性出入，带货免税额三千。钱难赚，我吃过亏，说好每手货给三十港币，一般只能拿到十块二十块，不够交房租和饭钱的，有两次一毛钱没拿到，还挨了揍。这样干了半年，我给老狐说，我们是同乡，你不能这样对待我。老狐说，同乡只屎尿，批斗我阿爸最狠嘅就系同乡，外乡人冇批斗过我阿爸，冇把我阿妈打残，冇逼我老姐投河。我据理力争，我姨丈公是你舅公，我怎么舍得批斗你舅公的外甥女婿？再讲，我那会儿没出生，你老姐投河我不知道，知道我一定跳下河去捞她。老狐气呼呼地看我一会儿，递颗槟榔给我说，好好跟定我，莫教手乱踹，以后不让你折本。

不是吹，带货这一行我有天分。我不是雏子，不会紧张兮兮蹲在入街广场上等着提货，那很容易被巡街差佬看出来。有时候，我会晃晃悠悠走过大榕树，闪进后街，靠在石墙上看打着哈欠的慵懒妇人倚在自家门口喂婴儿乳；有时候，我会踱进熟悉的店铺，和帮工的大陆妹说说笑笑，打情骂俏。干我们这行的拿货有规矩，流水人肉进街前先要拍照编号，按人头提货，出关后有人拿着照片验货。我是老狐的亲戚，不用谁验。我会观察当天是哪几个差佬查关，不会在同一班人值差的点进出。要是我没得失心疯，朝差佬脸上吐槟榔水，一定没人拦我。那两年我特别顺，通过率高，老狐看我能干，花了点钱给我办下沙头角长居和多次往返黄证。我有了身份，虽说一次只能带五百块货，进街次数多了，抽头也就多了。我那会儿混得不错，不到五年就帮阿爸把家里的新房子盖下了。我还开始追妹子。她叫观水秀，增城人，模样儿俊俏，在沙头角帮她姐夫守服装摊。我答应赚很多钱，然后娶她，我们一起过好日子。她有点扭捏，不说嫁不嫁给我的话，但我确定她迟早会答应，我有把握。我说过，老狐他对我不错。

大概 20 世纪 80 年代末，有一次，老狐被人装进蛇皮袋，拉到八仙岭上揍了一顿，用鸭嘴钳下掉两颗门牙，流了很多血。打过破伤风针，牙镶好以后，老狐不再做录音机和手表，改做金。我听说这件事是一个有大背景的水客佬干的。我没敢问。我还跟着老狐，升格做了他的贴身马仔，替他管人肉。我当然不能说我的运气和老狐门牙被人钳掉有什么关系，但情况就是这样。我管人肉，不光能抽水头，还能隔三岔五替自己带点小货。老狐他知道，睁只眼闭只眼，要不他能怎么样？他做金子最鼎盛的时期，我每天组织人一趟趟带几公斤货出关，他后来的发达有我很大的功劳。当然，我也走过麦城，没少挨揍，还被人敲断两根手指，但我能吃苦，人缘也好，从不欺负人肉，遇到同行有麻烦，能照顾的都会照顾，这是水客间的默契。走麦城那次，我防着前胸没防住后背，被港警抓住，那些阿Sir偶尔也查水客，我货被扣下，交了五百元保释金，三个月后到粉岭出庭，再交三百元开庭费，判罚三千，一个月白干了，比敲断手指还让我心疼。

我交罚单那会儿，内地第一家外汇交易中心刚成立，第一座核电站在大亚湾正式运行，互联网刚刚建局，大家都生活在欣欣向荣的改革春风里，万众都在往好里奔，我给自己鼓劲，没关系，风中去的水上来，我不会比别人差。

以后毛更新就来了。

有一天，我蹲在观水秀服装摊前，手里端着塑料杯，杯里盛着刚买的咖喱鱼蛋，一边吃着鱼蛋一边和观水秀聊天，老狐把一个瘦瘦的年轻人领过来，说阿粥，呢个系毛更新，技校生，都系杨村镇嘅，你带上佢一齐做。那是我第一次见到毛更新，他约莫比我小两三岁，相貌清秀，梳着哥哥的二分头，用了啫喱定型，穿一件水版港衫，一双带绊凉鞋，看上去风华正茂，只是有点显腼腆。他假装镇定自若，手插在口袋里，伸一只脚出来，但他脚换得厉害，还不断地扭头干咳，听得出嗓子眼里没痰，我就知道他很紧张。我问他，毛更新，你是技校生，为什么不在家里吃公差饭？他一梗脖子，操一口杨桃腔的粤普说，我不想一世没前途。我嘻嘻笑着问他，你指的前途是什么？他眸子斜到一边，用眼白罩住我，眼白和他脸色不相上下，总之很有文化的样子。他说，老狐说了你们的情况，先申明，我和拿不到提成的那些人无共样，我立志做商人，少一分钱也不干。我被鱼蛋噎住嗓子眼，喘过气来后哈哈大笑，笑得手中杯子里的鱼蛋抖落掉两只。我止住笑，朝地上的鱼蛋可惜地看一眼，站起来，牙签穿了塑料杯里最后一只鱼蛋，送进观水秀嘴里，鼻孔里哼了一声。毛更新听出我在嘲讽他，没受打击，反过来问我，子贡知道啰，孔夫子个大弟子，他就是大商人，不是他出资，孔夫子不会搭着风周游列国。他这样说，我就不高兴了。孔夫子我知道，三千弟子，比老粥的马仔多出百倍，但我不喜欢新来的人教育我，而且当着观水秀的面。我把塑料杯和牙签往排水沟里一丢，说，切，饿狗想飞鸟，还商人哩，你先把博罗普通话改掉，改成广普也行，改成客普也行，要就干脆说香港白话，说好了再说子贡的事。毛更新愣了一下，不明白地问，为什么不能说博罗普通话？我说，你说博罗普通话，差佬一听就知道你从山里来，就会盯上你，你拿什么周游列国？毛更新被我说蒙了，问，那，怎么改？我拉长声调教训他，博罗话哩，声母带喉塞音，有大量清边擦音"ɬ"声母，央元音"ɨ"做单韵母、复韵母或韵尾的字多，这些，广普和客普都没有，抵得啰？我说完，得意地朝观水秀飞了个媚眼。毛更新张着嘴瞪着我，半天没吭声。现在看出来了，他不光眼和脸白，牙也白，肯定是仔细刷牙的人。我没告诉爱清洁的他，初中毕业后，我不想种柑橘，在农场小学代过几天课，不光官普话说得好，还啃了几本中小学语言教材，我得教孩子呀。

后来和毛更新熟悉了，我才知道，他早先的理想不是做商人，而是当医生。他家和我家一样，从新加坡回来，不同的是，我阿爸是工程师，他阿爸是医生。他受阿爸影响，从小崇拜葛洪，就是在我们罗浮山建道场那位岭南道教开山鼻祖，但他不崇拜炼丹的化学家和写《抱朴子》的哲学家葛洪，而是崇拜写下《肘后备急方》的医学家葛洪。毛更新认真研读过葛洪的《肘后备急方》，书都被他翻烂了。用他的话说，葛太老是世上最早治疗天花和恙虫病的神医，对肺痨的治疗心得比外国人早一千年，他想做葛太老那样的人。可惜他学习成绩不景气，只考上惠州卫生学校，读了两年护理专业，毕业后分回罗浮山乡村卫生站，离葛老爷子的道场倒是不远，却离医学家的理想十万八千里，于是他毅然改变梦想，脱下乡村卫生站的白大褂，跑到沙头角来了。

看得出来，毛更新是那种不达目的不罢休的人，自他出伙后，他就一天到晚给我讲商人的故事。有一天，观水秀一大早在海鲜档买了蛏子送来，我淘米煮饭洗蛏子，毛更新脚尖贴脚跟过来，不说搭一把手，缠着问我知不知道战国时期的大商人吕不韦，秦公子异人落魄赵国，吕不韦把异人当买卖做，资助他回国做了秦庄襄王，自己官拜相国，又帮助秦王兼并六国，统一大业，还主持编纂了《吕氏春秋》，比我教小学生清边擦和央元音强百倍。为了证明"ɹ"和"ɨ"对商人不算什么，他专门举例，说商人德才兼备，在秦汉之前是国人的典范，所以《史记》专门有一卷《货殖列传》，就是用来歌颂商人的。

老实说，毛更新这个人挺清新，没有油滑气，让人喜欢，但我却不待见他的执拗。我知道他想说服我接受他的观点，可我一点也不想当《货殖列传》里的人，看上去他们的确了不起，可下场都不怎么好。我只想赚够钱，带着观水秀回杨村镇光宗耀祖，过一番人间好日子。我的朴素愿望被毛更新拿着理想的头一下一下猛敲，脑门那块尖锐地膨胀着，特别疼。事情过后再一想，要说乡音乡情，葛洪是半个博罗人，钟楚红也是博罗老乡，每次出关交完货，我就拉着观水秀找家录像厅看《胡越的故事》和《鬼新娘》，观水秀看周润发和蔡枫华，我看钟楚红。我从没想过从祖先那里学点什么，我就想见见同辈的红姑。我是说，近距离见，最好能说两句话，那就是我的梦想。

好在，除了在商人理想上的纠结，毛更新没有别的毛病，他讲他的故事，我只当他书生意气，不和他一般见识。那天吃饭时，观水秀筷子头咬在牙齿间，哧哧笑着看毛更新，看一会儿咬着我耳朵小声说，她有个守服装摊的小姊妹，想和毛更新睡，问我能不能帮忙。这事我知道，不光守服装摊的，沙头角吃走水饭的女人都喜欢毛更新，他在街头一出现，一堆鲜眉亮眼的妇女都会贴过来，变着法子调戏他。我就把观水秀姊妹的愿望告诉毛更新，问他行不行。毛更新脸红成虾干，眼睛瞪得比驼鹿眼还大，嘴角挂着半拉油汪汪的蛏子壳，一副受到侮辱的样子。我哈哈大笑。观水秀也笑，腰肢撑不住地往我身上挂。这事有过一以后，毛更新就好多了，能接住了，全亏我在一旁指点，这是后话。

可以说，毛更新刚来那段日子对我刺激特别大，他打开了我的眼界，让我为自己的目光短浅羞愧，经过这家伙一点一点的灌输，我心里有些东西开始发芽。为了像毛更新那样立志，我忍痛舍弃红姑，转而追《大时代》和《笑看风云》，这些打打杀杀玩腹黑的故事里才有我需要学习的东西。从那以后我养成了看书的习惯。其实不是书，是杂志。那会儿地摊杂志特别多，也没个正经刊号，印得很粗糙，取个惊世骇俗的标题，一本能卖到五块八块，花了我不少钱。

毛更新第一次带货是我领着他做的。那天早上，我给他和另几个新来的人肉做培训，交代离开中英街时需要注意的事项：如果被查到，咬死货自用，求放行；海关要是不放，千万别犟嘴，按退港、补税、扣货依次选项，宁愿打单扣货也绝不认罚单，不能让通行证被刷，要是一年开出三次绿白单，这行就别干了。

交代完，我把人带进街里，让他们等着，我去店里探货。老狐已经在那儿了，和人在后铺饮茶说话。等店里的伙计收拾好货，打好小票，我把人一个个叫进来，按人头提货，每人二三十块港币连同小票塞进手心，告诉他们货是什么，抽检时怎么说。轮到毛更新，他很紧张，不停地扭过头去清嗓子。我犹豫了一下，收了金子，让他等着，去一旁铺子里买了五百块钱的橄榄油和化妆品，打好包扛过来。老狐在后面看见了，骂了句，会算唔会除，偷米较番薯，但也没管我。

我把货交给毛更新，告诉他货没有危险，让他记住我教的，放心出关，我会送他出关。我带了几客金，指点毛更新跟在几个扛着大包小包的东北游客身后，利用他们作掩护，我则和毛更新隔着三五个游客，跟在他后面去关口排队。

那天游客不多，队伍只排了半条街，不到两小时就轮到我们了。毛更新跟在那几个扛大包的东北客后面，本来很安全，快到他时，一个老伯突然觍着脸插到毛更新前面，哪知道就被查出带了违禁品。海关人累极了，骂老伯，鬼打里，一把年纪不嫌驼衰人，三代乌鸡唔走种，懒得说你，还笑，再笑开你罚单，货主打死你。老伯追着扣走的货求情，亮出后面的毛更新。毛更新吓坏了，站在那儿瑟瑟发抖。海关人看他一眼，二话没说，收走了他的通行证，让他哪儿拿的货退回哪儿去。

我挤过去，拉着毛更新退回街里，告诉他，人家根本没查他货，看他眼神不对，诈一下，他只消理直气壮回一句事情就过去了，他站在那儿只管发抖，等于自我暴露。

我把毛更新带回店里，给他重新收拾了一袋奶粉和麦片，不值三百块，让他再去验关。毛更新站着没动，脸色苍白。我说你还做不做？你当在这条街上端饭钵这么好端？你要今天空手出关就坐死了人肉脸。毛更新不回答。我看他已经快哭出声来了，就骂他，狗屎个，还梦想，子贡样子学不会，吕不韦样子也学不会？我骂毛更新，其实是实话，这条街不是一般的街，1967年暴动那会儿，听说大陆民兵开枪打死几个英国阿Sir，就那样街上的商铺也没落过闸，在这条街上混，天塌下来斜眼可以，抬头冲着天空犯愣不行。过一会儿，毛更新仄身过来，气不顺地从我手中夺过货袋，出门贴着街边走了。我猫调鼠地跟上去，这回很顺利，海关人没拦他，他找海关人员要扣下的通行证，人家不给，没好气地说，这碗饭你吃不了，回家改端别的碗去。他一脸臊红地出了关，货交给等在外面的人，水费没领就走了。

那天我帮老狐出了不少货，老狐很高兴，晚上叫了烧鹅仔，我们喝了点酒，守着破电视看《伴我闯天涯》。毛更新很沉闷，回到住处就蒙头睡了，晚饭没吃。我借酒对老狐说，毛更新证被扣了，这碗饭他吃不了。老狐呷了口酒，叹声气说，不是人人都像你阿粥，龙舟装猪屎，总有灶下鸡，一撮土地上出来的人，能照应就照应点。我听了很感动，觉得自己门牙留着也不如老狐。酒喝完，上床睡觉，听见毛更新在被窝里嘤嘤出声，我冲他说，要就号出来，听海关人叫，怎么做商人？那家伙揭开被子挺尸一般坐起，鼻孔冒泡地朝我喊，行远啊子！我哼一声说，前世少哩你，管你。我就倒头睡了。

做水客吃的是力气饭，一天街里街外守十几个小时，累成死狗，一般凌晨才能回到住地，第二天睡到太阳当顶才有力气爬起来，到沙头角找个店喝茶，下午两三点钟进街，拿货差不多等一两个小时，再去排队出关。在街外等待那几个小时是我和毛更新的聊天时间，我们的友谊就是这样聊出来的。

现在回想起，那真是好年代，我和毛更新，我俩胸怀大志，想着早日攒足钱，摆脱带货仔角色，自己盘家店做真正的商人。这方面我比毛更新有出息，毕竟我出道早，起活超出他一两丈。我记着老狐的话，手把手教毛更新，好比我是先生，毛更新是学生仔，他要在我手上拿掉文凭。我教了毛更新很多做水客的诀窍，比如四不一绝对：不在水塘犯蠢，不和港水发生冲突，不参加内地客冲关，不帮生客带货，绝对不沾违禁品——差佬不傻，知道我们在干什么，只是每天几千上万人往外带货，多数属自用，个个查那得累死。人家主要查国家专卖品，还有毒品、枪支、文物、濒危动植物和大宗货币这些违禁品，做我们这行绝对不撒骰子，撒泼一次等于送自己上路，我们不能把大好前程砸在自己手里。

话这么说，我诚心诚意教，毛更新进步却不大。开始带货那段时间，他扑了好几次关，多数时候只能空手出街，连累我挨老狐骂。我没有嫌弃毛更新，继续苦心巴力教他，怎么才能不掉水塘，不做黑户，保住白底。我还带毛更新一遍遍看《猫和老鼠》，教导他，海关差佬是强者，等于汤姆，水客是弱者，等于杰瑞，汤姆有一种抓水客的强烈欲望，杰瑞要摆脱恃强凌弱规律，就要上演老鼠战猫的戏法。可是，我越来越感觉，毛更新不是吃水客饭的料，他理解能力特别好，每次给他上课他都拼命点头，表示听懂了，可一出手就露怯。很快我就看出来了，他脑子和手分了家，说起商人的故事一套一套，做事情却不断出差错，真是白风华正茂了。关键是，他点子特别背，隔段时间海关会组织抓水客，我们叫大屠杀，他好像就是为大屠杀生下来的，几乎每次都闯到闸刀下，货被扣下三次后，他上了黑名单，这样当年就不能干活了，只能靠老狐养着他。

有一段时间，一提到毛更新老狐就冷脸，以后不干了，背后给我提过两次，说阿旧是妇人家，屙尿唔上壁，出不了道，让我想办法把人弄走。我没同意，想办法拖着。知道管鲍之风是怎么回事？管仲和鲍叔牙合伙经商，彼此让利好成甚，后来俩人都当上了齐国上卿。人家古人能这样，我和毛更新，我们为什么不能做新时代的管鲍？我就是这么想的，毛更新让我知道人这一生不能虚度，要有远大目标，我不能不讲良心把他丢掉，我阿粥要做阿旧的保护人。

那段时间，毛更新常常背着人流泪。我感觉他特别痛苦，悲从中来那种。我鼓励他，葛洪炼丹烫脱过千层皮，吕不韦的银子也不是轻易从地里刨出来的，哭有什么用。我后来急了，用家乡话骂他，割哩三刀都无血出，屎都唔知臭。可能我说了家乡话，没说普通话，毛更新伤了自尊，很长时间不搭理我。我心里很难过，让观水秀去找毛更新说话，劝劝他。观水秀抱着一捧酸唧唧的黄皮，跑去吧嗒吧嗒吮着黄皮仁和毛更新说一气，毛更新不剥黄皮吃，也不理会观水秀。我觉得，那样的毛更新，好像生活在黑暗的日子里。

90年代以后，海关查得越来越严，我被海关赵差佬盯上，终于成了水塘脸。老狐保我，让我转干天文台，负责看水，遥控通关情况，组织冲关。我天天读报纸看电视,琢磨国家形势,研究海关心情,看着查紧了就通知休息,大屠杀时期不开工。再以后,老狐越做越大,我做了水头,算是出人头地了。我不让观水秀再守摊子,找关系把她弄进一家贸易公司上了班。我和观水秀,我俩确定了恋爱关系,她是我的人了,死心塌地跟着我,一下班就往我这儿跑。我得风得水,很中意,只是观水秀有些得了天空扑翅膀,一见到毛更新就风摆杨柳地弯下身子哧哧笑个不停,人挂在我的胳膊上说,得人恼,阿旧啮支啮笪,蠢到死。我不高兴观水秀那样说毛更新,毛更新他一点也不蠢,只是道闷住了,说他蠢不公平。只要观水秀说毛更新坏话,我就亲她,狠狠咬她嘴唇,这样她就笑不出来了。

毛更新就这么不温不火地干了几年,八二八海关大屠杀那次,我带观水秀回博罗见父母,定结婚日子,晚上家人亲戚喝了点酒,错过了内线报警,手下人肉被抓了好几个,其中也有毛更新。那次也怪他,见我不在,逞能多带了几客金子,人当场在水塘被带走,因为是黑户,有记录,想捞都捞不住,判了六个月拘役。

毛更新服刑以后,我每个月都去收容所探视他,给他送衣裳和食物。我还给他带了一本《陶朱公大传》,是专门给他买的,不是地摊杂志。每个月他从拘留所放出来那天,我会摆一桌,叫上几个要好兄弟,陪他喝一顿。毛更新不敢多喝,怕回所里被训斥,但他很感谢我，每次看见兄弟们为他干杯，他都落泪。他那个样子让我难受，可我也不知道说什么，只能傻笑着拍着他的肩膀一遍遍说，你吖只攋屎棍，你吖只攋屎棍。我那么说当然不对，毛更新从来不惹事，只是在做商人的路上，他比别人多了几道坎，不像是能成就志向的模样。

半年后，毛更新刑满释放，我开着老狐的那辆皇冠，哼着"干杯朋友，就让那一切成流水"，开心地去拘留所接他。毛更新上车后沉默了一会儿，开口说，阿粥，我不想再做这行了。我安慰他，你是拘役，再犯不算累犯，你放心，我会照应你。毛更新扭头看着街上匆匆来往的行人说，他不是要保清白，这半年他想明白一件事情，他不是做商人的料，再往下做也没什么意思。我感到意外，心想，他说得对，不是所有人都能进《货殖列传》，子贡也好，吕不韦也好，世上人有几个能做到？这么一想，心里有点难过，车偏到一旁停下，转身把毛更新搂进怀里，轻轻拍打他的背，听他胸膛里发出压抑住的呜呜声。

我认识一个搞旅游的香港人，叫阿标，私下邀过我好几次，要我帮他往中英街里带团，我拒绝了。观水秀动过心，劝我说，都是揾工当马仔，跟着老狐只认识金子，跟了阿标就能看到外面的世界。我教育观水秀，这不行，人不能不讲情义，老狐对得起我，我不能背叛他。但毛更新就不一样了，我帮毛更新，相当于帮老狐解决了个累赘，我就给阿标打电话，把毛更新介绍给他，然后带毛更新去见了他。阿标很高兴，那个时候离一九九七没几年了，他急着扩大生意，人手不够，他立刻打电话给毛更新办导游证、租房、安排学习，这让我心里松了口气，觉得到底把毛更新安顿好了。

以后毛更新就搬走了。临走时，他扭捏地把我叫到屋外，掏出一样东西，飞快地塞进我手里，说是送给我的礼物，特意用带刑劳动的薪水托阿标在香港买的，是陆货。我非常吃惊，那是一台夏普牌电子手册，相当重的一份礼，我从来没收到过这么重的礼物。毛更新不好意思地说，本来想送给我一台现金出纳记录机，他在拘留所里听一位机场高管牢友提到过。他觉得那个能帮助我成为大商人，对我来说更有用，可惜他钱不够。现在你知道了，我和毛更新，我俩是什么样的友谊，即使分手，我们也会砸骨敲髓地鼓励对方。

毛更新离开后，我们偶尔会通个电话。没多久，他情绪缓过来了，电话里透着兴奋，说阿标很厚道，对他不错，做旅游也没有那么大危险，基本不和阿Sir发生冲突，他上手很快。我替毛更新感到高兴。我说好啊好啊，阿旧你好好干，找时间出来我请你喝酒，为你庆功。话虽那么说，我俩都忙，一次酒也没喝成。你想啊，香港很快就要回归，有人逃离，有人填空，有人趁机补仓，老狐借势而为，做了大货主，在宝安和广州开了店，新界那边加了一间仓库，我仍然做老狐的水头，负责走货，我的事业也在飞升，如果现在离开，我现在就能做商人了。毛更新也忙，阿标提拔他做了内地项目的副经理，那个时候还没有自由行，血拼一代还没出现，能办下港澳证的内地客不多，可都是荷包鼓胀的先富佬，钱非常好挣，听说在维港卖水都能年入百万，毛更新提成可观，哪有时间见我。

本来没什么，我和毛更新，我们是不是商人，都走在成功的道路上，要说意气风发，这个词也配得上。可是，我慢慢发现，自打毛更新离开后，观水秀有点神色不宁，明亮的眼睛失去了往昔的神采，人也不往我身上挂了，有时候带她出去玩，她也没精打采，最爱吃的酱油虾，我替她一只只剥好，放进蘸水碟里，她似笑非笑地看着我，也不动筷子。要知道，那会儿离我们定下的婚期只有三个月了。再后来，观水秀辞掉外贸公司的工作，一句话也没有留下就离开了我。我打电话没人接，她换掉了手机。很快我听说，她去找了毛更新。知道这件事情以后，我肺都气炸了。我给毛更新打电话，问他怎么回事，问他观水秀在哪儿。毛更新在电话那头一句话也不说。我骂他唔知衰，殁肠烂肚，然后摔了电话。那是我第一部私人电话，爱立信 GSM，我和毛更新，我们的友谊和爱立信同时粉碎了。

然后就到了一九九七香港回归。

干我们这行有个规矩，不侥幸。老狐守了十几年，不知道哪根弦断了，有个内地客出大价钱进洋垃圾，量大货源足，老狐居然破了只在中英街带货的道行，接了单，跑到皇岗口岸做了几单，赚了一大笔。我参与了那几次走水，听老狐怂恿，把全部身家赌进去，也跟着大捞了一把。以后老狐昏了头，居然买关放水做车件，结果做冒了。

事情败露后，老狐我俩准备跑路，走之前要把鹿颈路仓库里的货转移了，那是价值几千万的货，老狐舍不得扔下，我的全部身家也在里面。老狐在这行做得太久，没有可以托付的朋友，走投无路时，我想到毛更新。老狐拿不定主意。我向老狐保证，阿旧不是灵光人，但绝对不会对不起人。老狐嚼着槟榔，吐一口血水说，你心大，观水秀个事情让边讲？我心里狠狠剜痛了一下，半天没说话，过了一会儿说，他是烂人，但不是衰精，占了观水秀，不能再占金子。老狐点点头，说也是，除非他硬要做铳打鬼。

我给毛更新打电话，约了地方，匆匆赶去和他见了面。到那儿才知道，借着香港回归势头，阿标做大了，他开辟了三个产品：海洋公园、太平山和黄大仙庙。毛更新带着几班人守在口岸这边，专做各地蜂拥而至的各地政府考察团，每天早上八点开始，半小时发一个团，一直发到闭关，钞票流水似的进。毛更新安静地听我说了事情，二话没说，答应替我和老狐收拾后路。我们没有谈观水秀的事。我没提，他也没提。我还记得他那天的打扮，他穿一身挺括的蓝条子杰尼亚，二分式换成了蓬松的烟花烫，说真的，是不一样了，风华正茂那个词就是给他准备的。

那是我最后一次见到毛更新。

我和老狐没有跑掉，出关时连人带车被扣下。我听见一声长长的叹息从老狐的烤瓷门牙缝间透出，那会儿我没顾上他，而是盯着乌光锃亮指到鼻子前的微型冲锋枪，心里想，这货有没有牌子？是陆货还是水货？

案子很快判了，老狐判了二十二年；我判了十五年，以后减到十四年零两个月，又减到十三年零四个月。等我刑满释放后才知道，老狐没我运气好，牢头要他一份饭食，他不答应，被踢中要害，服刑第二年就死在监狱里，如今怕是骨头都打鼓了。

我从监狱里出来后，第一件事就是联系毛更新。我打算要回托他照管的身家，还有老狐那份财富，我得把它们交还给胡家人。可是，毛更新消失了，博罗话，吖只衰鬼，下世哩。我打听过，毛更新人还在，可不再是当年的样子，十几年过去，他发达了，如今是好几家上市公司的股东，而且是大不列颠及北爱尔兰联合王国的公民。就是说，他终于做成了陶朱公，而作为他当年的引路人和保护者，我却落得一文不名，这就是我的下场。

我没想过回中英街继续混。在监狱里，狱方组织服刑人员收看新闻，那时我就知道，自打香港回归，五星红旗插上港府大楼，风水就变了，SARS以后，香港经济凋零，董特首请求中央支持放开了自由行，内地人随便都能进香港，人们不再往中英街里挤，连工商银行都从街里撤了出来，当年的带货天堂，如今已经成为历史。

可是，那条街毕竟养育了我，对我有恩，我去公安局正经办了"前往边境特别管理区通行证"，去街里凭吊了一次。街上没有多少游客，两个举着"文化之旅"小旗帜的小学生团和老人团，隔着几尺宽的街面笑吟吟彼此让过，一对耄耋老人哆哆嗦嗦落在队伍后面，商量着买了一支四元钱的甜筒，你舔一口，我舔一口，满意得不得了。我走进中英街历史博物馆，找个角落坐下来。我什么也没看，用不着。我就那么安静地坐在那里，脑子里冒出些奇怪的画面：德国的柏林墙……越南的贤良桥……朝鲜的三八线……

我想着那些和我毫无关系的场景，脸上洋溢着微笑，觉得我这一生，真的说不清楚。

我最终还是打听到毛更新的下落。他没有待在英吉利海峡那边的爱丁堡，你猜他在哪儿？他哪儿也没去，就在深圳，在大梅沙中央半岛天琴湾。我能理解，人们说离乡别土易摧颓，不到万不得已，多数岭南人不会离开生养他的地方。

我乘坐387路公交车去了大梅沙。我走着上山，一边走一边转着脸看风景，我觉得那是属于鸟和风的地方，人住有点可惜。然后我被保安拦住。在通过一个简短的内线电话以后，保安礼貌地告诉我，业主说不认识我，请我离开。我说他当然认识我，我们是兄弟。保安说，业主没那么说，请你离开。我说，你让我和他通个电话。保安警告我说，你要不离开，我就动用法律了。我听出保安的口音，熟悉的央元音"ɨ"，但他提到法律，我和它打了几十年交道，知道是怎么回事。我没再说什么，离开那个美丽的鸟窝。

我开始打听在别的什么地方能找到毛更新。我收集了很多毛更新的资料。哈，我可长见识了。电视上，互联网上，书店里，全是他的"货殖列传"。我整夜整夜地坐在那儿，或者躺在那儿，一页页划动手机，翻动书本，看他的拼搏史，看得热泪盈眶。然后我抹去脸上的泪水，对着视频里志得意满的他那张脸一遍遍骂：信得你使都会㩒筒㩒袋，供狗咬脚踭，唔识良心，殁肠烂肚，屙屎都唔同你共粪缸！

接下来的这些年，我不知道自己是怎么过来的。我在龙岗工厂里绞过螺丝，在南山街头做过O2O游动广告，在东莞别墅区做过保洁工，往福田CBD高级酒店里送过污水蚝。这个世界变了，有个说法叫腾笼换鸟外加总部经济，政府把低端制造业赶走，为高科技产业和全球五百强腾地方，人们正在逃离这座城市。当年我带的那些人肉兄弟，他们带着外地妻子回到家乡，买房买地，再投个潮汕牛肉火锅店，每天坐在宽大的新围屋里泡凤凰单丛，念天地之悠悠，独怆然而涕下。我却没地方去，人混成这样，回不去了。

我觉得日子仍然要过下去，我在城中村扎下来，盘了个建材店，哪怕苦苦奋斗，大半收入给房东交了房租。我整天在店里进进出出，盘弄地板瓷砖、墙面建材、门窗建材，和顾客砍价，给工程队打电话，一边想着一个人，人们顶礼膜拜的财神爷：范蠡。范蠡当年辅佐勾践卧薪尝胆，十年一剑，功成名就后鸟尽弓藏，弃官为商，三次白手起家，世人尊为商圣。我觉得，他这样顽强真的很好，是我学习的榜样。

直到今天早上，我接到一位叫班森的年轻人的电话。年轻人问我住在哪儿，他来接我。我说不用接，你家是不是住大梅沙。他说对，半山的物业卖了，深圳湾一号的几套也卖了，天琴湾这套我父亲特别看重，打算先留着。我说留着吧。我说我能找到。

这次没有人拦我，班森带着电瓶车在山脚下等我。我看他，年轻人剃着圆寸头，穿了件学院气质的普莱诗牌衬衣，比他父亲帅气十倍，但好像也是个爱脸红的男人。我们一起坐电瓶车上山,车子直接驶进他家里。我在球场大小的客厅里坐下的时候心里隐隐作痛,我想到这家人的幸福生活,还想到了什么?至于他家的情况,我就不说了,反正就是你在电影里看到的那种样子。

班森从楼上取来一只公文包,从公文包中拿出一样东西,郑重地交给我,然后在我对面坐下。东西很旧了,我还是一眼认出了它。夏普牌电子手册,我当年收到的最重要的礼物,他父亲送给我的,用半年带薪劳动的薪水。班森告诉我,因为之前不知道,在整理父亲遗物时,他翻看了电子手册里的内容,里面有我的名片、通信录,还有一些当年的账目和流水,对此他非常抱歉,也幸亏这样,他才能找到我,亲手将物品交还给物主。年轻人之所以想见我,是他对一件事情感到困惑,在他的印象里,父亲是正直勤勉的企业家,电子手册里的内容却让他隐约看到了一些逃脱海关监管、非法走私物品入境的行为,对此他十分不安。他不明白我的电子手册为什么在他父亲手上,他希望我能坦率地告诉他,怎么说呢,他一直尊敬的父亲,是否参与了那些人们不应当去做的事情。

"请您一定告诉我,这件事情对我和我们家族非常重要。"年轻人慎重地请求我。

我扭头朝落地窗外看,那里有一个巨大的游泳池,风吹皱了池子里的水,几只鸟儿在池边张头张脑,好像在说着什么。我能说什么？我对那个年轻人说了下面这个故事：

有这么一个人，叫布雷特·卡瓦诺，是2018年10月当选的美国联邦最高法院首席大法官，他陷入了一些丑闻，这些丑闻一直没有核实，人们不知道事情是不是真的，不知道他到底是一个什么样的人。可是，人们知道一件事，在美国当代历史中，卡瓦诺扮演了一个传奇角色，他在二十年时间里近乎神奇地出现在几乎所有美国政治事件和大案现场：白水案、福斯特案、拉链门案、小埃连案、大选计票案、安然破产案、弹劾克林顿、"9·11"事件、反恐战争、虐俘门、窃听门……在接受指控时，卡瓦诺说了下面一段话："我期待就真相作证，我将捍卫我的好名声，捍卫我一生都在塑造的品格和诚信。"

年轻人一脸敬佩地看着我，说，伯父，您太有文化了。我看着明显放松下来的年轻人，矜持地微笑了一下，问他是不是明天就走。年轻人给出了肯定答案，他读研究生，在导师的实验室里有份工作，他回国半个月了，不能再停留。我问他是否还会回来。他说不知道，他在香港出生，很小就去了英国，已经习惯了那边的生活，家里人也都移民英国了，家乡再没有直系亲属。我沉默了一会儿，看着年轻人明亮的眼睛，心里想，我骂过他父亲，骂他路项死，路下埋，绝家子——博罗话，断子绝孙。不知道是不是我的诅咒让他父亲英年早逝，如果是，我很抱歉。不过，好在上天没有听我的话，他父亲没有绝代，有这么个出息的儿子，相反，我连个后人都没有。我那么想，不禁红了眼圈，心里一波温水过，一波凉水过。

我坐正身子，清了清喉咙，隐约回忆起，曾经熟悉这个看似多余的动作。我郑重地对面前的年轻人说，我当年进过监狱，电子手册是我进监狱前托他阿爸替我保管的，我做的事情他不知情，那会儿他在另一个行道打拼，说到这儿，我们家乡有句俗语，识得系宝，唔识系草，过去我低看了他的阿爸，我以为他是草，结果我错了，他是宝，不是草。我告诉年轻人，深圳可不是他们的英伦三岛，它是世界上最年轻的城市，是不见血的竞技场，没人能仅靠善良赢得尊重，你得有一身本事，还得有大志向，否则就算是宝，最终也可能落成草。我告诉年轻人，我从他阿爸身上学到很多，比如，他刚才说我有文化，我的文化都是看杂志看来的，这个习惯保存到今天，是他阿爸教会我的。

我说了什么？我干吗要提到城市？它是一座了不起的城市，成就了无数人，它也没有亏待我，不然我不可能仍然能留在城中村。我觉得事情到这会儿就算谈完了，我没有再向年轻人询问什么，比如他阿妈的名字，我觉得世事难言，最好不问。

在征求过年轻人的意见后，我揣上失而复得的电子手册，坚持不要年轻人送，离开阔气的别墅，从山上往山下走。路过门岗时，我举起一只手，朝年轻的保安挥了挥。

我觉得大梅沙真是一个好地方，也许人和鸟啊风啊什么的就该住在一起。我想起中英街早年的事情，那条清亮的滘水河，还有那些大翅膀的鹭鹚，它们有时候会纠缠不休，但终究鸟归鸟，河归河，各有归宿。而且，我觉得吧，我年轻时做过梦，相信梦它能成为现实，有时候它可能破碎掉，但谁的梦不是这样？人年轻的时候总会冒点傻气，挨几下捶，我挺高兴经历过这一切，我得维护它，不能让它在我还活着的时候死去，你说对吧？

2020年3月18日

于深圳听山室

第 一 爆

当年的蛇口五湾可没有这么漂亮，现在蜿蜒着美丽滨海路的地方，当年是人迹罕至的虎崖山，山上长着一团团蓬头垢面的马尾松和鹧鸪草。站在山头，山势顺着脚尖落下去，向东南方蔓延出一大片潮间带，和蓝宝石色彩的大海隔着老大一段距离。当年我和邹不三争论，能不能从山头跳起，直接跃过山下的滩涂，一头扎进大海，我俩争得面红耳赤，老胡在一旁看着直乐。

"屁抛物线，你当是麻雀呀？"邹不三朝脚边沙土吐了口唾沫，不屑地瞥我。

"欸，怎么啦，偏长翅膀，有本事射我下来！"我挣出颈动脉尖着嗓门朝邹不三喊。

我说的当年是1979年，蛇口工业区建设刚刚拉开序幕。我们队头一批开进蛇口，任务是挖掉五湾和六湾之间的虎崖山，在海边建两座港口。测算过，工程第一期要搬走六百多万方土石，结果干了一个月，连山头都没剃掉，照这个速度任务根本完不成。局里一看不是办法，决定采取集群爆破，在山上掏几十个竖井，井里填上炸药，直接把虎崖山炸掉，有个豪气冲天的说法，叫移山填海。

我和邹不三，还有老胡，我们三人在一个队，因为是同县老乡，平时走得近。那会儿我十九岁，小镇青年，刚从技校毕业，分配到队里当实习技术员，一门心思顺利度过实习期，早日当上令人尊敬的工程师，所以才想象从山头高高跃起,直接跳进大海。而邹不三认为,如果大海是一锅油汪汪的红烧肉,他也能一头扎进去,可惜大海就是大海,他不能直接跳进去,我也不能。邹不三比我大两岁,大学肄业,局里下派到我们队的材料员。邹不三给人的印象是那种时刻透着自己和别人不一样,但运气又不怎么好,所以总显出一种让人牙酸的神色,因为这个,队里人都不喜欢他;有人私下传,他因为考试作弊被学校开除,顶替父母招进局里后又故技重犯,抄廖工的图纸,这才被贬到队里。一开始,邹不三的日子不太好过,后来老胡看不下去了,谁说邹不三他就批评人家:

"噪鹃子叫得好听不?兴许还叫劈两声呢,就不兴人家改正?"

老胡本名胡莲生,大我和邹不三几岁,一米八个头,有个让人羡慕的大喉结,是那种特别有爱心,想把所有人的事情都给包圆了的热心快肠人。老胡在军队干过,副排级转业,队里车队的副队长,人家换轮胎都是两人合力滚,他百二十斤的胎拎着就走。他说话有底气,慢慢地,就没人再说邹不三了。邹不三感激涕零,拿老胡当亲兄长,一口一个大哥。老胡下面有个弟弟,小时候得麻疹夭折了,不爱听人家叫哥,严肃脸说邹不三,什么哥不哥的,别搞那么庸俗,你就记住,扛着草棍的蚂蚁翻不过土坷垃,历史包袱撂下,和大伙儿搞好关系,别冰雹砸烂了道,自己再上去踹两脚。邹不三不爱人家提大学的事,谁提都是捅他腰眼,老胡的话他只当没听见,仍然大哥长大哥短的。时间长了,老胡再不愿意也只能应着。

我不随邹不三叫,我管老胡就叫老胡。我不是不尊敬老胡,主要是和邹不三我俩一对冤家,老顶牛,见海鸟争翎毛黑红,见海龟争公母雌雄,他管老胡叫大哥,我偏不叫。老胡也不计较,笑眯眯在一边抠巴掌上的茧花听我和邹不三吵架,我俩要吵急了眼,动起手来,他就管了。

"斗狠是不是?有这个横把山头上的蚊子灭干净,自家兄弟干仗算什么?"老胡收起笑眯眯的脸,罚我俩,"站到崖边去,站直了,唱歌,不带停,唱三遍!"

我和邹不三就乖乖站到山崖边去,泥手贴着汗渍渍的大腿,胸脯挺得老高,冲着海湾对面的元朗大声吼:

> 古老的东方有一条龙,它的名字就叫中国;
> 古老的东方有一群人,他们全都是龙的传人;
> ……

我和邹不三唱龙和它的传人,不因别的,我们脚下站着的蛇口,是当年嫦娥丈夫射日的地方,那位尧帝的御用射师怒射九日,误射下护日的九头神蛇,神蛇掉在蛇口，变成九曲海湾。老胡让我俩唱三遍，是要教育我俩牢记传统，用他的话说，蛇五百年成蛟，蛟经千年成龙，龙过一千五百年变成神龙，腾身上天，就是咱中华民族的样子。

"大哥说得很好，我替大哥补充一下。"邹不三郑重其事地清了清喉咙，端正身子，"据古书记载，从开天辟地的盘古，到华夏始祖女娲、伏羲和轩辕，个个是人首蛇身，这还不算，尧舜二帝的爹也是蛇。所以，从科学角度讲，我们血管里流淌着祖先的血，迟早要腾飞。大哥你说对吧？"

老胡不清楚中华神和半人神的前世今生，却喜欢听腾飞的话，于是目带欣赏地看邹不三。我愿意信老胡，不想听邹不三吹牛，可他俩说的是一回事，我只能随手从身边撅下一片鲁班锯般硬朗的铁芒萁在手中玩，闷闷地不说话。

话说那会儿我们来蛇口三个多月了，一开始大伙儿努力干，每天工作十小时，每个组挖土石方二三十车，效率很低。总结原因，山头窄，堆不下重型机械，几十个深达十数米的竖井大多靠人工挖，进度拉不起来。以后各队队长神秘兮兮去山下指挥部开过两次会，回来后一个个脸涨得通红，像是被人弄到火炉边烤了一通，端着广口搪瓷杯站在竹棚门口大口灌凉水。灌完召集队里传达精神：蛇口工程是中央决定的，对内造福十亿人民，对外支援亚非拉兄弟，必须保质按时完成，半点折扣都不能打。

中央精神气势不可谓不大，问题是，大伙儿不明白，蛇口不过十平方公里出头，巴掌大点的偏僻半岛，居民几百户，除了一个简易渔港，几家门脸小到迈两步就错过的杂货店，几条鼬獾和花面狸跟人抢道的乡间小路，就是破镜一般的散碎水田和大片寂凉的野山，站在山上跺一脚，鸟屎能糊上鞋帮，在这儿划出两平方公里建个工业区，怎么就能造福十亿国人再支援十亿非洲兄弟？大伙儿不懂其中的逻辑，糊里糊涂。队长们也急，又不能反复去问指挥部——工程队扎营虎崖山工地，指挥部在镇上，去镇上要过一条小河，那会儿正是台风季，雨一落河水就暴涨，八月二号那天八号特大强台风登陆，冲走了两个人，以后规定不经指挥部批准不能随便去镇上。

事情最后还是处里张秘书解决的。张秘书是清华大学工农兵学员，写材料传达精神有一套。他看队长们有难处，挨个给队长们打电话，说别小看两平方公里，知道天安门广场多大？零点肆肆平方公里，你能说它不是世界革命的中心？你们就记住一条，这回咱们不隔空喊话了，咱们是动真格的，上资本主义道路，在正面战场上和敌人拼刺刀！张秘书的话通俗明了，队长们立刻就明白了，这是要和腐朽的资本主义正面作战，两平方公里相当于撕开口子的破袭战，意义在打响第一枪，这样一想就豁然开朗。可不知谁把这话捅到上面，张秘书很快被调走，据说等待他的将是严厉的批判和处置。

"话说得挺清楚，表扬不给就算了，闹不上处分。"事后老胡惋惜地评价。

"大哥说得对，总是处理这个处理那个，不爱惜人才，可惜清华大学了。大哥，你说对吧？"邹不三心有戚戚，和老胡保持高度一致。

我没接他俩的话。我也觉得大学可惜，可要是工程师整天在战场上和敌人拼刺刀，这个事我就有点犯糊涂了。

不管怎么说，工程进度问题还得解决。有人建议实行超产奖励。局里紧锣密鼓讨论了两天，局长书记签字，定下奖励方案，每天每组定额五十五车，每车奖两分钱，超额每车奖四分。大伙儿的干劲一下子提起来，工程进展神速，头一个月下来，进度超了几倍，数老胡那组最猛，最多一天拉了一百三十一车，得奖四块一毛四分，当月拿了一百零六块八毛奖金，成了大新闻。

结果被人告了。

省里很快下来一位大人物，处理告状的事。在镇上开完会，大人物坚持到工地上看看，路过我们队墙报，他饶有兴趣地站下看了几眼，问墙报谁办的。局长不好意思地回答，就是拿奖励最多那个组的组长，担心有什么不周全，特别强调了一句，他是局里的新长征突击手，是他运走了蛇口工程第一车土。

墙报是老胡办的没错。老胡多才多艺，会用口琴吹《浏阳河》，能写些人们称之为诗歌的长短句，关键写得一手好隶书，据说是读小学时老师用篾条硬逼着临《史晨碑》练出来的。那会儿老胡小，一边哭着揉红肿的巴掌，一边心里暗暗发誓长大以后一定要报仇。谁知长大后他靠这笔字在军队提了干，转业后靠干部身份当了车队副队长，这个仇也没法报了。每到周日，大伙儿轮休，老胡不休息，给队里办墙报。我乐不颠颠地跟在他身后，他用美美的隶书把党团员的决心书抄好，我一张张抹上糨糊往墙上贴，空出的边角难不住老胡，他嘴里念叨着写两首顺口溜，多一行少一行他能拿捏，插空处也不马虎，上回画了喜气洋洋的大红灯笼，这回换成蜿蜒的长城外加庐山劲松。有时候邹不三也来看一眼，憋着劲想评价，又不敢，不屑地吊吊嘴角仰头走开。老胡不受打击，退出几步，歪着脑袋看墙报，说，不错嘛。我用力点头，大声跟一句，相当不错！

局长让人从工地上把黑汗水流的老胡叫来，省里大人物摇着草帽驱赶成片的牛蚊子和老胡聊天，问一天拿四块一毛四分奖金是什么感觉，能不能继续突破，多拿点，一天一百五十车。老胡挺胸答，首长放心，发电机别停，灯挂上，干到夜里十点，一百八九也成，保证下个月完成第一爆任务！大人物高兴地点点头，又问了老胡几句诗歌的事，回头对局长说，这个人我要了。

省里大人物走后，老胡被叫到局里去谈了一次话，很快大伙儿就知道怎么回事了。中央刚开完会，下达了五十号文件，不光在蛇口拼刺刀，还要把战场扩大，在深圳、珠海和汕头试办出口特区。老胡被大人物看上了，要调去特区的大战场。大伙儿都说老胡撞上了好运，被人告了，结果不光自己没事，保下了批准搞奖励制度的局长和书记，还落了个提拔。他如今仍然留在队里的理由，是当面向大人物承诺了要完成工业区第一爆任务，只等第一爆结束，他就会背上行李，和人们大声打着招呼，钻进接他的吉普车，去某个窗明几净的办公室做一份中央亲自交给他的光荣工作。

我也被队长叫去谈了话。队长要我接替老胡，办队里的墙报，反正过去我给他打过下手，知道怎么画长城和红灯笼。队长特别叮嘱，从现在起，直到老胡离开，每天午饭多给他发一个酸菜包子，注意别挑褶子破掉的，免得人家说队里没有大局观。吃晚饭时，队长耳朵上夹着根纸烟踱到老胡身边，阴一句阳一句地说："莲伢子，苟富贵，勿相忘，记得关照兄弟们哟。"

"以后你再也不会穿白背心、解放鞋、戴草帽了。"队长走后，邹不三拿伤感的眼神斜看老胡，这一次他没有叫老胡大哥。

"老胡你买件的确良衬衣,裤腿缝熨得笔直,梳双分头。"我乐不滋滋说。

"还有,阳光晒脱皮的鼻子,要不了两三个月就会长出嫩肉。"

"还有,办公室里有位年轻女同事,高挑个儿,扎对小辫儿,每天往脸上搽雪花膏。"

我一边说一边拿一只眼瞅老胡,一旦他朝我伸出肌肉鼓胀的胳膊,我就撒丫子跑。

老胡没撵我,笑眯眯地往嘴里一勺一勺送炝炒白菜帮子。

我之所以提女同事,牵涉到老胡的婚事。老胡年龄不小了,在军队服役时,家里给定了门亲,对象是乡里小学的代课老师。老胡津贴从六块涨到十五块,舍不得花,攒着买手表、缝纫机、自行车和收音机,说好一提干就成家。谁知老胡提干命令刚下达,对象就跟一位乡中学的老师跑了。老胡铁打的汉子,刀枪杵脸不眨眼,为这事却生了场大病,人烧得嘴唇起干痂。男方所在单位跑到部队来搞外调,怂恿老胡告破坏军婚状,他们保证让那个中学老师蹲三年牢。老胡刚缓过劲来,一听就急了,从床上爬起来一个劲替对方说话,说这事做不得,好歹一门亲事,别毁了一个,再把那两个毁了!

老胡第二年就申请转业了,分到我们队,他想早点到地方上把婚姻解决了,可交通部门工程队到处跑,落不下脚，处里几个女同志也都成了家，难找的就是对象。局里有热心人替老胡介绍了几个，女方都嫌老胡不在机关，要谈上相当于背上个五湖四海的牵挂。我也替老胡着急，想到家里有个表妹，漂亮能干，性格又好，我就给表妹写信，老胡的情况详详细细写了三页纸，怂恿她嫁给老胡。表妹看了一页信就动心了，立刻挂号回信，信里夹着一张描了红脸蛋红嘴唇的照片，话就一句：哥，我听你的，紧跟华主席和胡莲生同志进行社会主义新长征！我乐不颠颠地拿着信找老胡，老胡那个意外啊，嘴都合不拢，信美滋滋地贴在胸口，照片举在眼前看不够。看着看着眉头皱起来，盯着我脸问：

"你表妹多大？"

"虚岁十五。她个头高，一米七五。"

那天我很狼狈，屁股被老胡四十四码解放鞋狠狠踢了一脚，疼了一整天，收工后跟着大伙去海边搞伙食时还蹲不下来，委屈地半边身子趴在礁石上，看人家在水里撒着欢掰石蜊、拾香螺、捉红虎蟹、捞蟢蜉虎。邹不三手里捧着条怨气冲天的鲆鱼踩着烂泥过来，找我要表妹的相片看。我屁股和自尊心双重受伤，不想理睬他。他纠缠了一会儿，见达不到目的，就埋怨我，知道大哥老婆被人抢了都护着抢劫犯，你让他打幼女的主意？我抢白他，有能耐你替老胡介绍啊。邹不三沉默了一会儿，一脸痛苦地转身，捧着吐着白沫的鲆鱼走了，我才醒悟过来，不该说能耐的话。邹不三的妈妈是寡妇，带着一双儿子嫁给他爸，以后又生下三个儿子，他头两个哥哥娶的也是未亡人，后两个哥哥一直没找到对象，他要有能力哥哥就不用愁了。可我不想给邹不三道歉，我决定晚上把表妹的照片给他看，只要别弄脏，他愿看多久都行。

谁知道，事情到了几天前出现了转机。那天快收工时，邹不三神秘兮兮地跑到技术组找我，说老胡搞到对象了。我不信，这儿地老天荒，他找鸟儿和鱼儿谈恋爱？邹不三不说什么，拉我去了山头，指着山下让我看。我搭个凉棚遮挡阳光，见山下路边停着老胡那辆黄河七吨自卸车，老胡和一个人站在滩涂上说着什么，离得远，看不大清楚是谁。

我俩弓着腰往山下摸。时值白露，半岛依然热得开锅，白天大伙儿都穿背心干活，一路上胳膊脖颈被恶毒的松针扎得直抽气，还得躲避匆匆碰脚的穿山甲，还得小心巨石上伫立着恶狠狠盯着我俩看的蛇雕。等摸下山，隔着三五十米湿地，我俩在一丛老鼠簕灌木后躲好，探头偷看。

老胡和那人站在一片野气十足的红海榄和白骨壤前，被绿茵茵的红树林映衬出一股仙气，几只红嘴红爪的黑头鹳好奇地在他俩身边飞起降落。那一位也能分辨了，是个蛇腰女子，十八九岁的模样，小巧个头，头上戴顶客家凉笠，露一截又粗又黑的大辫子，凉笠下纱帘遮了脸，看不清长什么样。说蛇腰，是她上身穿了件短襟蓝衣，下身一条黑色高腰宽裆裤，所以能看出腰细来。

"喔哦，本地人呃。"邹不三夹着嗓门说。他说喔哦，有点学雄噪鹃。

"谁还看不出来，外地人不这么穿戴。"我从额头上抹下一只张牙舞爪的大刀螳，它正挥舞着一对螯想收割我的眉毛。

"他俩说什么？"邹不三伸长脖子，屁股快贴上我的脸了。

"是她说，没见老胡插不上嘴？"我倒希望不是这样，老胡应该给细腰女子读他写的诗歌，这样就是一件完美的事情了。

"唑——"邹不三抽了口凉气，感觉很痛苦，好像头盖骨下某根神经快要断掉了，"大哥离她太近，相当危险！"

"是她近，没见老胡退好几步，退无可退了？"我替老胡抱屈，又不是办墙报，要退后两步看，他应该大踏步前进，别糟蹋了机会，不然让我怎么跟他学？

不知出了什么事，凉笠女子说着说着停下来，背过身子抹开了眼泪，这样她就面对我们了，只是她低着头，我们还是看不清她的相貌，只能干着急，恨不能从灌木丛后面跳起来,跑过去掀起她的盖头。又见老胡尴尬地站了会儿,裤兜里掏出手绢,替人擦不是,不擦也不是,手绢团吧一下,塞进对方手里。

"完——完——完了,大哥也是,不嫌手绢脏!"

"你怎么不看事物的另一面?女人喜欢男人的汗味,辩证法会不?"

我俩够兴奋,以致挡住视线的白色老鼠簕花被我们来来回回推搡,掉落好几朵。见过当地人用老鼠簕花煲粥,说治牙疼,但显然它们不适合擦眼泪。

那天的晚餐是每周一次的红烧肉,盼了六天,可我和邹不三就像一对不要脸的小叔子,不计得失地打了饭,也不数饭盒里有几块肉,一边一个架着老胡把他拖到一旁,着急地打听细腰女子的事。老胡人不在状态,吞吞吐吐不想说,以后板了脸让我俩别胡打听。我俩事先商量好,不听他的,往死里纠缠,老胡最终熬不过,就说了。细腰女子姓盘,名妹乃,北部山区乳源瑶族自治县人,爹妈走得早,是孤儿,四个月前和弟弟在蛇口分了手,她来这儿找弟弟。

"不是孤儿吗,找什么弟弟?找弟弟怎么找到大哥了?"邹不三食不知味地填口饭进嘴里,口气有点自怨自艾,他这样心思不集中,当然可能顾此失彼,以致饭勺上一块红烧肉失身坠落到沙土里。他连忙心疼地去捡,饭盒没端稳,两片水煮南瓜像僵死的蝴蝶扑出饭盒。肉块捡起来回头能冲洗，南瓜扑上土没得救，邹不三恨恨地用力瞥了老胡一眼。

我乐得抽气，五爪紧扣饭盒，笑几声止住。想起两天前，天黑后四周山腰上有些暗火，渔港那边游动着数点烛光，队里老同志说是七月半，村民在坟头磕头祭祖，往海边放海灯。奇怪的是老胡，那天他鬼鬼祟祟，下班后晚饭没吃就匆匆离开了，天快亮才返回工棚。这么一想，我就觉得老胡和那位名叫盘妹乃的北部山区女子有故事。

"她弟弟怎么啦？干吗分手？说呀，急死人！说完教我怎么画长城和灯笼。"

我和邹不三平时口气不这样，主要是老胡要抛下我们去干大事了，我俩没人照照，邹不三气不顺，我是没了主心骨，还犯愁，小楷我练过一阵，诗歌完全不懂，长城和灯笼要画不好，画成倒地的梯子和长胡子的鸡蛋怎么办？

可是，无论我和邹不三怎么问，老胡不再吐露一个字，好像下定决心要保守某个不能透露的秘密，石化似的扭头看黑漆漆的海湾，那个神色不像他，怪极了。我朝老胡视线方向看了一眼，和蛇口这边黑灯瞎火不同，海湾对面的元朗灯火耀眼。我心里想，陈百强就在那片灯火中吧？我刚偷偷学会他的《眼泪为你流》，特别喜欢"眼泪在心里流，请你开一开口，随便一声或随便一句,算是问候朋友",可我不敢唱,怕人告状影响实习期转正。我隐约觉得,老胡的沉默和弟弟有关,但说不清是他夭折的弟弟、盘姑娘失踪的弟弟,还是邹不三这个以后照顾不到的兄弟。

日子紧锣密鼓,白露一过,虎崖山竖井工程顺利完工,爆破公司来验收作业,根据采作核算炸药耗量,第一爆日子也公布了,向共和国三十周年献礼。任务到了突击阶段,大伙儿突然有了一种兴奋劲儿,认定这一爆兴许真和水深火热中的全世界人民有关。那几天工地上真的挑灯夜战了,国庆节也没放假,连我们技术组都上去了,大伙儿按爆破公司开的单子,屏着呼吸,把三十吨黄色炸药一箱箱填进几十个竖井下的炸药室里。那几天我天天跟着爆破公司的工程师跑,收获特别大,学了好些抵抗线原理、爆破漏斗公式、标准抛掷爆破计算方法什么的。

让人意外的是,拉走虎崖山第一车土、创下最高土石方采拉纪录、在大人物面前拍着胸脯提出挂灯夜战的老胡,那些天却表现蹊跷。他的组效率一落千丈,从排头落到队尾,有人看见他把车抛在半道上,人却没了影,也不知去哪儿了。等往工地上拉炸药时,他索性请了假,理由是工程大头朝下,拉炸药不像拉土石方,车撵车,要一辆一辆拉开距离,多半时间得等在半道上,他有急事要办,缺他一个不少。照说,作为车队副队长,他这样撂挑子,弄个批判也够了,可几天后他就要调去深圳高就,队长不想得罪省里的大人物,不如送个顺水人情,老胡向他请假,他说嗯嗯知道了。

只有我和邹不三心里清楚,老胡请假和盘妹乃有关。我俩没对任何人说,抽空跑去找老胡问情况。老胡烦我俩,脸色不大好,吩咐我俩好好干,别给家乡丢脸,然后去食堂里揣了几个冷馒头就走了。老胡走后,邹不三有些不高兴,和我分析,孤儿不孤儿的,完全是托词,大哥肯定对盘妹乃动了心,去纠缠盘妹乃了。

"你想想那是什么场合,晃晃悠悠的大海,不讲秩序的红树林,一对孤男寡女淹没在其中,什么野蛮力量不被唤发出来?"邹不三像是害心碎病,整张脸都扭曲着,让人感觉他是全世界最痛苦的人,"你回忆一下,记得盘妹乃那条大辫子吗?"

"挺抢眼的,怎么啦?"

"留着抢眼的大辫子,说明姑娘没成家。"

"没成家又怎么啦?"

"你蠢!她和大哥贴那么近,还对大哥抹眼泪,要没特别关系,眼泪能随便抹?说不定他俩已经私订终身了!"

我想想也对,盘姑娘的大辫子给人很亲切的感觉,要说和我表妹有一比,但肯定强过整天抹雪花膏的办公室女同事。这么一想，我挺高兴，头一回没和邹不三争。

说话间到了十月四日，蛇口工业区第一爆的大日子。爆破时间定在上午九点，公安和边防团都出动了，现场清场，方圆几里地拉上警戒线，海陆空航道管制。头一晚我兴奋得没睡，天不亮就爬起来，洗了三遍脸，刷了三次牙，我有件崭新的夹克工装，一直没舍得穿，那天穿上了。那几天基本上见不着老胡的人影，四号那天也一样，没看见老胡。吃过早饭我拉上邹不三，跑到警戒线外等着看第一爆。八点整，第一次警报拉响，我激动得要命，心想，炸完我别等尘土落尽，飞跑着回工棚给父母写信，向他们汇报我的光荣成长经历。

八点十几分的时候，几朵乌云飘过来，像是要下雨的样子。队长着急，担心雨下来炸药出问题，伸手哆嗦着去口袋里掏纸烟，连烟盒一块带出一张纸条。队长看一眼纸条，脸色唰地白了，叫声不好，胡莲生在警戒线里！人们一下子就炸了，有往山脚下冲的，有去给指挥部报信的。我和邹不三下意识对视一眼，拔腿往滩涂跑，没跑几步就被保卫组的人给拦下了。

半小时以后传来消息，老胡找到了，人的确在滩涂上，但不在警戒线里，和警戒线还隔着几步，只是，不光有老胡，还有一位年轻女子。俩人一身一脸的泥，人不人鬼不鬼地往滩涂下刨着，边防团去了几个兵，要带他俩离开,俩人不走,也不说话,拼了死命往烂泥下挖,边防团的兵不耐烦,抱住摔在泥水里,硬把人绑了带离现场。

我和邹不三,我俩知道那个年轻女子是谁。

九点整,大地震了一下,然后连续剧烈地震动起来。邹不三像是被抽了筋,一屁股坐到地上。我抓住队长的胳膊,感到头晕目眩,突然有些失重,人像是要飘起来。只见寂静的虎崖山活像一头猛然醒来的巨兽,腾身站起,掀起数道粗大的土石柱。土石柱快速上升,分出不同颜色,有白色、淡绿色、青灰色、粉色、红色和褐色。土石柱四周溅开大朵浪花,把巨兽高高推举到天空中,好像巨兽个头太高,得不断往起站,要站直了,没个止境。

我身子发抖,扑通坐在邹不三身边,扭头求助地看他。邹不三像是才喘过来,长长出了口气,用力咳了几声,脸上有一种古怪的愤怒表情。

"妈……的……"队长在我俩身后自言自语。

当天下午,我和邹不三找到了老胡。局里保卫干事把他从边防团领回来,他刚在局里谈完话,一身泥痂,左上颌划破一块皮,胳膊上有块醒目的新鲜伤口,皮肉都烂了,用他那块脏兮兮的手绢扎着,手绢上全是血迹。我们问老胡怎么回事。老胡不回答,脸色铁青,扒拉开我俩,进工棚里脱了上衣,抹了一把脸上的泥,扭头巡睃一下四周,上衣丢在床上,人出了工棚,大步往滩涂方向走。我去拦他。他抡圆胳膊直接把我摔在地上。我从地上爬起来,撵上去,不敢再问什么,和邹不三陪着他走。他迈一步我们迈两步,这样一路跟跟跄跄来到海边,他在一块山上崩下的石头上坐下,我俩在他身边站了一会儿,也坐下。

爆炸过去七八个小时了,天上的尘霾还没散尽,空气中有股令人窒息的粉尘味。四周很安静,有些自然的声音传来:风声,潮水声,鸟翅划过芦叶声。老胡不看我们,过了好一会儿,他开了口:

"你们记不记得,我们来镇上那天,卸行李时,打前站的蔡工说了一嘴,说五月初,宝安有十万人抢关偷渡。"

"是五月六日。蔡工说,那几天海湾里密密麻麻漂的全是死尸。"邹不三紧张地清了清喉咙。

"吓唬谁?那是外国电影,局里说了不让信谣。"我说,想到那个场面,不禁打了个寒战。

老胡沉默了一会儿,然后说了盘妹乃的事。

春节前,盘妹乃寨子里的支书和民兵连长在县里开会,听说省里要开放边境,放一百万人去香港,俩人会也不开了,跑到广州考察,见上千人聚集在火车站吵闹,才知道是谣言。支书和民兵连长商量,山里穷,吃不饱饭,自然灾害那一年,宝安边境放了几天闸口,几十万人跑过去了，县里有人搭上了那一趟，第二年就往家里寄了粮食，俩人就决定，一不做二不休，逃。从旁人那儿打听到偷渡路线，俩人在南沙买了船，正经船买不起，见岸边有条人家废弃不用的破船，说好给一千二百斤油粘米，拜托船家帮忙修补一下。返回寨子后，支书召集寨里的干部夜里开秘密会，话一出口，大伙都想走，于是凑足船资，派人挑米去南沙交付。谁知，事情一传十十传百，寨子里人都知道了，牵儿扶女上门央告跟着走。支书拦不住，在亲戚中挑了三十个，加上队里的干部，这就满载了，答应到香港安顿下来，回头接家眷时，想去的都去。

本来事情跟盘妹乃姐弟俩没有关系，不是挑亲戚吗，大队会计是盘妹乃姨父，姨父寻思姐弟俩父母走得早，两个孩子打小苦命，好容易熬到大，寨子里倒是有不少青年巴心巴肝等着娶盘妹乃，可盘妹乃丢不下弟弟，死活要把弟弟守到成家才肯嫁人。姨父就求支书带上姐弟俩。支书一想也是，那妹子心硬，谁对她唱情歌她也不开金口，寒酸的竹楼前堆满了彩礼她也没弯腰拾起过一样。支书一咬牙，同意了，吩咐路上不能吃别人的食物，要姐弟俩把家中能吃的都煮成竹筒饭，用化肥袋背上。

离开寨子那天是三月三，寨子里的人早早起来给他们饯行，喝完苦爽酒吃过瑶山熏肉炒石韭，一寨子人送出十几里地，说等着他们胜利的喜讯。一行三十七口，为了省钱，也担心路上被查，支书没敢坐车，带人东躲西藏走了二十天，硬是徒步走到南沙。取船时，人家一看老少风尘仆仆来了这么多，一条龙骨朽掉的破船哪里载得动，劝他们留几个下来。支书眼睛在众人身上睃，睃到谁谁眼泪噗嗒滚下来，支书下不了决心，跺一脚，咬第二次牙，说都上船吧，要死死一块儿。

船沿虎门水道出海，进入伶仃洋。山里人驾驭不住海，有点浪头就赶紧靠岸，到岸边趴着呕吐，这样又颠簸了十天，带的干粮吃光了，船也经不住折腾开始漏水，支书心里打鼓，决定弃船，带人在西湾上了岸。以后几天昼伏夜行，躲过边境哨卡，终于潜入蛇口，本想躲在荒岭中休养几天，找点吃的，蓄点力气，再找渡海工具，谁知就赶上五月六日。

五月六日那天，附近几个县差不多十万人拥进宝安，两个边防哨所眨眼间被黑压压的人群吞噬掉。支书气还没喘匀，听到山下乱糟糟一片，从躲藏处溜下山打听情况，见正在田里插秧的农民纷纷丢下秧苗，脚上泥都没洗，带着家人往渔港跑。支书问怎么回事，人家冲他喊，大放河口啦，还不赶紧跑！支书慌里慌张回到荒岭上，叫上人往海边跑。到海边一看，海湾里那个船哪，成群结队，海面上密密麻麻，全是捆着车胎抱着油桶的泅渡人。支书后悔没把破船卸掉，每人带块船板，那会儿也顾不上别的，吩咐能泅水的赶紧下水，不能泅水的留下，跟会计和妇女主任去村里找渡海工具。吩咐完，自己和民兵队长一人抓了一个身子骨单薄的亲戚下了海。

盘家姐弟在南水水库边长大，会水。姐姐本想跟着姨父去找泅渡工具，那样保险。弟弟担心没机会了，坚持下海，说姐你放心，我用绳子拴着你，你游不动我带你游。俩人被呼儿叫女的人们推着揉着，慌不迭地下了海，游了半小时，力气耗光了。眼见有船从身边驶过，有车胎和油桶从身边浮过，姐弟俩呼救，船一艘没停，人一个没理，白浪翻腾都去了前面。朗天白日下，弟弟泄了气，盯着天上的云彩说，姐，太远了，我游不过去了。姐姐呛着海水说，我们不去了，我们游回去。弟弟说，姐，我饿。姐姐说，好兄弟，别松手……

盘妹乃灌了一肚子海水，被潮水冲回蛇口，人没苏醒就被民兵抓住，和成千上万偷渡者一起关进收容站。几天后，在遣送回县的路上，她跳车逃跑，和她一块儿跳车的两个妇女，一个摔折了腿，一个摔碎了脑袋。盘妹乃试图返回海湾，那会儿冲垮的防哨卡已经恢复了边境管理，她被抓住两次，逃了两次，直到八月底才冒死潜入蛇口。她在海边的盐地鼠尾黍灌木丛中寻找弟弟，蹚进海水去一棵棵秋茄、海漆、海桑、木榄、角果木下找弟弟，找到哪儿，累了就找块干燥的地方睡一会儿，怕被抓住，不敢去镇上找吃的，随便在滩涂上捉点虾蟹果腹。她的确找到一些腐烂的尸骨，但不是弟弟。她把它们拖上岸，去山脚下摘来几抱桫椤叶，把它们盖上，黄昏时她偷偷溜进镇里，请一位卖钵仔糕的本地大嫂给政府捎个话，请政府把那些遗骸掩埋了。大嫂告诉她，五月六日以后几天，潮水冲上岸的尸首太多，派出所规定，埋一具可以领十五块钱安葬费，当地一下子出现了两百多个拉尸佬，时间过去三个月，恐怕现在没人再干这个活了。盘妹乃一听，扑通给大嫂跪下了，央求大嫂指个路，别让那些尸骨在异乡受凉。大嫂同情她，找来一身衣裳让她换上，把她带去见了一位大叔。大放河口那天，大叔十一个亲人下了水，第二天他去海边捞尸，捞出四个亲人，其他亲人没见着影子。那天大叔领到七百五十块埋尸费，差不多是五年的工分收入，其他四十六具尸首，他一个也不认识。

"盘妹乃说，最后时刻，弟弟解下拴在胳膊上的绳索，给她留了条生路，她得回来找到他，带他回家。"黑影中，老胡口气里有一种吓人的平静，"中元节那天，我在路上遇见她，她因为饥饿晕倒在车道上。我送她去卫生处，路上她醒了，以为我要送她去边防站，发疯似的往车下跳，我才知道她是越境进来的。她说家里米不多，路上她和弟弟一直没敢吃饱，早知道，她会背一篓山芋上路，怎么也不至于饿那一个月，那样就有力气游过海湾了。我给她弄了点吃的,然后帮她去海边找弟弟,断断续续二十天,该找的地方都找了,就剩往滩涂下挖了。今天早上我本来说服了她,带她出了警戒线,可她突然往回冲,说山要崩下来弟弟会被埋进去,那就再也找不到人了。我把她死死抱住,不让她进入警戒线,她狠狠咬了我……"

那天晚上处里打牙祭,开庆功会,发奖状,有些人胸前会戴上大红花。那天晚上我们没有回镇上吃饭,我们在海边坐到大半夜,先是老胡讲啊讲啊,然后不讲了。我和邹不三没讲,陪着他,就觉得肺里灌得满满的,全是硝硫味道的泥土,没有胃口。还有,我和邹不三,我俩中间有一位,在黑夜里用力憋着嗓门哭泣,快咽气地哭坟似的,另外两个人都听到了。

老胡第二天一大早就走了,是悄悄走的。我醒来后跑去他工棚找他,他床铺空着,行李不见了,留了本崭新的《墙报板报图案设计》给我,那上面有好几种灯笼和长城的图案。听队长说,老胡不是去特区报到,是去边防部门接受调查。我哭丧着脸问队长,老胡会怎么样?队长有点后悔,说昨天就不该去捉人,胡莲生和那个女的挖泥的地方昨天也没炸着,可警一报,人一捉,女方身份查清了——偷渡累犯,肯定会判,老胡牵涉到这种事情里,特区的工作肯定泡汤了,背不背处分得看局里的态度。队长那天有点不对劲,非常恼火,嚷嚷着非查清楚谁往他口袋里塞了那张纸条，发誓要把那小子揪出来揍一顿。

对了，还有一件事，老胡去边防团接受调查那天是中秋节，我第一次办墙报，有点吃力。不过，我自作主张，没有画长城和灯笼，而是用一整盒粉笔，画了个炸成粉柱的虎崖山。诗我不会写，我找黄工问了两句古人的诗，用小楷工工整整抄上："此夜中秋月，清光十万家。"大家都说虎崖山画得好，诗倒没人评价。

说起来，事情过去了四十二年，如今我已经办了退休，从蛇口招商集团地产总部副总工程师位置上退下来。三十六年前，我在蛇口安了家，妻子是本地客家人，家人大多在香港，大伙儿都知道他们是怎么去那里的。幸亏那会儿妻子年龄小，家人没带上她，她留下来陪爷爷奶奶，几年后做了我妻子。我在蛇口有两套房子，一套我和妻子住，一套空着，香港的亲戚们回来时住，他们当中多数还是愿意省下酒店费用。我女儿港大毕业后留在圣玛加利女书院教书，后来她有了女儿，要我给外孙女取个小名，也不知怎么想的，我给女儿说，就叫乃妹吧。

现在我知道蛇口工业区的意义了，它的确是一项了不起的工程，它让这个世界变得不一样了，它改变了很多人的命运。而我年轻时为它奉献了青春，我的命运也改变了，这一切都是我努力创造得来的。我和老伴现在也没什么事,有时候我俩会去海边散步,看看她沧海桑田的家乡、我曾经战斗过的神蛇半岛,如今它是漂亮气派的现代化港口,站在五湾海边,往东是颜色不再湛蓝的海湾,往南是太子湾邮轮母港,能看到客轮一艘一艘驶出码头,去更南边的香港国际机场或者澳门氹仔码头,眼前的蛇口港前些年已废弃不用,留给了湾区游艇会,隔着它向北,能看到女娲公园和海上世界,那里是新深圳人爱去的一个去处。

邹不三也过了退休年纪,他在旧金山经营一家移民公司,替钱多心不踏实的人办理移民,因为业务量大,想退休退不下来。他偶尔回国办事,路过深圳时会给我打电话,念叨客家菜,我就请他来家里吃饭。他酒量不大,挑牌子,一边喝着一边给我和老伴说些他那些隐秘客户难办的事,Adjustment of Status 或者 Child of Illegitimate Birth 什么的,喝多了他就换话题,一把鼻涕一把泪,抱怨他第四位妻子如何贪他的财富。不过,他怵老队长,说什么也不愿见。老队长都八十好几的人了,有什么好怕的?

老胡?他还在,在某个我不便透露地址的地方。我俩不常见面,他不愿见。老胡快七十了,一直没成家,收养了好几个孩子,有两个挺有出息,有了自己的家庭。有一次,只有一次,我给老胡打电话,电话拨通了,我说老胡,是我,你别挂电话,我也没什么事,你也可以不说话,就听我给你唱首歌。我那么说,就唱了,结果歌没唱完,他在那头把电话挂了。不过,我给他唱的歌,他不是全没听到,有两句,他肯定听到了:

大哥大哥你好吗,
多年以后是不是有了一个你不想离开的家;
……

2020年5月6日
于深圳听山室

入侵物种

易谷丁是一名二级资质人力资源管理师，早先供职IBM大中华区，5年前转入深圳一家彩色柔性显示技术公司，公司人力主要由研发人员构成，占据员工的67%，管理层和核心技术人员多数毕业于斯坦福、康奈尔和港科大，因此，他的工作和制造业员工招聘、绩效考核、薪酬福利管理以及劳动关系协调稍有不同，服务对象不是高级镗工、自卸货车司机、模具工程师和玉石检验员。

易谷丁的助理是智能人小彩，一位很棒的同事，他的工作体验主要由小彩保障。只有一次他俩发生了矛盾，那次易谷丁做公司年度业绩报告，没日没夜赶报表，一天晚上他打着哈欠和小彩开玩笑，问TA能不能替他完成任务，他去打个盹。小彩几乎没有犹豫地回答，等TA智能大脑升级完成后，易谷丁只需要把脑接口授权合同签了，其他什么事都不用做。这个回答让易谷丁有些犯愣，有一点点不舒服，事后也没想明白，究竟哪儿不舒服。

易谷丁在这一行干了12年，这份职业为他带来充分的自信心、稳定的生活保障和心爱的妻子。易谷丁的妻子不想过一位主人两个奴隶的资本主义家庭生活，选择做丁克，这与易谷丁的想法不谋而合。他们的日常生活很简单，没有复杂的社交活动，大部分时间、精力和薪水都用在读书、手工艺、厨艺、科幻电影和旅游上，也参与少许他们认为有意义的社会公益组织活动，一句话，那是以他们自己为中心的梦想生活，他得到了。

直到去年妻子去世。

易谷丁不该让妻子独自回武汉。他们说好回她姥姥家过年，她先去，他大年初一休假再去。疫情突然发生。不是一辆失控的泥头车，不是一片老之将至的榕叶，一切毫无预兆。"我害怕，快来接我！"妻子在视频中惊慌失措，大声哭泣。易谷丁去不了。武汉封城了，他被封在大广高速鄂州段，23天时间睡在他的奥迪车上，上不着天下不落地。妻子的姥姥先走，接着是她舅舅，然后是她。

易谷丁和他的心理医生陶大夫成了朋友。他们戴着口罩，用液体酒精不断洗手，反复测量体温，做注意力训练、记忆训练和思维训练。实际上，在长达10个月的意志力活动衰减和认知功能损害治疗过程中，易谷丁只在陶大夫的胸牌上看到过他的脸，陶大夫则从易谷丁的医保卡上知道易谷丁长什么样。陶大夫建议易谷丁停止把时间花在厨艺上，告诉他不断研究亡妻爱吃的蚝仔烙蘸料和干炒牛河镬气秘诀的行为对康复没有任何益处。陶大夫认为，在社会重新启动之后，易谷丁应当勇敢地走出应激，开始新的情感生活。

"39岁专业人士，身材修长，性格稳定，无不良嗜好，年薪72万带股权分红，城市中心顶级小区三居室完全产权。"陶大夫问,"你觉得接下来会发生什么?"

"恐惧。"易谷丁知道,无休止的崩溃让任何人都感到无趣,但这是他眼下的真实感受。

"你不用假装成一只快乐的喜鹊,"陶大夫耐心启发易谷丁,"可是,为什么不试试离开屁股下面那根被虫子蚀空的树枝,去沙地里啄点可爱的小石子?"

易谷丁不那么想。婚姻组合没有为他带来安全的人生——他爱妻有轻微强迫症,极少和人接触,妻子的姥姥和舅舅也是,但他们成了最先离开这个世界的病毒致亡者,这在理论上说不通。易谷丁认为人力资源规划是一项严肃的事情,应该把优质资源一次性使用到位,而不是在基因变异后等待理赔。他那么做过了。他的优质资源已经分配完毕。

在确定无法说服易谷丁之后,陶大夫建议他调整社会活动。陶大夫指的不是"密接"之类场景条件,而是易谷丁和妻子过去选择的公益活动。他非常肯定地认为,目前情况下,易谷丁不适合向社会提供专业服务,换成援助类也许更好。

"情绪也是病毒,会传染。"陶大夫说。

易谷丁确信,陶大夫其实想用大号钢丝钳捅进他的脑子,在那里拧紧某根不听使唤的神经,而不是警告他别冲着他人打喷嚏。陶大夫并没有对易谷丁做催眠疗法,但易谷丁对自己的心理医生却产生了某种微妙的移情,他决定接受心理医生的建议。

长假最后一周,易谷丁选择了去"大地母亲协会"做义工。那是一个与流浪猫援助有关的民间公益组织。和 SPCA 性质的失援宠物之友、预防虐待动物协会之类的组织不同,它的宗旨是追求对流浪猫的最终解决方案,而非一般意义上的野外救助。

"知道我们这座城市每年被流浪猫捕杀的野生动物有多少?"一见到易谷丁,"大地母亲协会"秘书长艾欣女士就劈头问他。

艾欣女士有一双富于鼓动性的修长手指,她和易谷丁保持着严格的社交距离,俩人没有握手,易谷丁只能凭着她被发胶塑形得台风都吹不动的中长卷发,判断她是一位敬业的女士。

"您指无脊椎、两栖、爬行还是哺乳动物?"易谷丁习惯性地用严谨的专业口吻问。

"全部。加上鱼类和鸟类。"

"和人类捕杀的数字差不多。"易谷丁知道自己偷换了概念,他希望他描述的这种场合别让孩子们看到,这是他和爱妻选择丁克的原因之一。

"上亿只。"艾欣痛苦地报出数字,"每一年,每一年,就在我们生活的这座城市,就在我们眼皮子底下!"

即使易谷丁知道,残酷的数字仍然让他心里重重地抽搐了一下，它像一剂催化剂，加强了他加入"大地母亲"公益行动的动力。

易谷丁希望协会分配给他一份成员激励工作，比如帮助成员相信他们拥有尚未挖掘出的价值，对他来说这就像开门进家，然后随手关上门那么容易，而它会让协会享有高质量的资源配置，让他在重振精神的康复路上获得合理回报。他很快得知，"大地母亲协会"成员大多是高知识结构的学者和专业人士，他们具有超强的自我学习能力，信仰坚定，需要的只是一份目标说明书，不用谁来培训和开发。就是说，他身处一个与智能人暗中较劲的碳结构生命组织中，这是他没有想到的。

接下来涉及易谷丁的第一份工作。S公园，它是深圳1090个公园中最小的一个，也是"最恶毒"的一个。"最恶毒"是艾欣女士对它的定性——截至上周，S公园至少容纳了213只邪恶的流浪猫，其中有47只孕猫和48只准孕猫，这意味着该园的流浪猫将会在短期内爆发式增长。

"公园的环境好极了，创造了最高的流浪猫容积率。"艾欣女士愤愤地说，"人们说这座城市设计出了中国一半又丑又蠢的建筑，撒谎，那些喝着工夫茶打着游戏的家伙太有天分了，随随便便就打造出5公顷神仙福地，可惜它被杰利克家族邪恶的成员占据着，他们居然还向那些流浪猫提供五星级伙食！"

愤怒让艾欣女士的眉头紧蹙成一团。她的模样让易谷丁想起《异形》中性格坚毅的雷普利。易谷丁推测，如果——只是说如果——艾欣女士像雷普利一样怀上了异形之子，她会视死如归地纵身跃入熔岩之中，不会有任何犹豫。

易谷丁的具体工作是去S公园，说服公园取消对流浪猫的投食行为，对流浪猫进行有效的种群限制管理，如果可能，成为协会的工作样板——经过十数年艰难努力，协会已经在1090个公园中拥有了3个成功样板，它们帮助协会克服了法理的正当性缺失问题。毫无疑问，易谷丁接受的是一份有意义的工作。

易谷丁不费吹灰之力就找到了他要找的人，S公园管理中心来主任。那是一位和蔼可亲的中年男人，脑门上的发茬剃得像涂了一层光环，他很客气地为易谷丁倒茶，在易谷丁礼貌地表示不会接触公共器皿后，他没有表示出丝毫生气，眼睛不断地透过易谷丁身后的窗户往室外看。易谷丁知道自己遇到了什么样的角色，这方面他经验足够，他当然不会让这位注意力涣散的工作对象从自己手里溜掉，于是他立即进入主题，告诉S公园的最高官员他是谁，来做什么。

易谷丁的计划是，他将告诉来主任，他的组织——现在他是其中一员了——对流浪猫在S公园及周边地区伏击其他野生动物的行为做了长达37个月9天的观察，记录下大量犯罪现场血淋淋的视频。这是一个说法。实际上协会有S公园的全部资料，甚至比需要的还要多，易谷丁会通过随身携带的RoWrite智能手写本——那是他的公司的产品——向对方逐一展示那些看上去极可能导致呕吐的资料。这一点很重要，它们会将伤害情况从毫无滋味的外卖餐饮体验立刻转化为"北海渔村"生龙活虎的海鲜大餐体验。在这以后，他会告诉对方他们共同面对的难题，以及他们将如何携手解决这些难题。是的，他的协会有一份"入侵者清除计划"，在长达1242页的文件中，理想的首选方案是对目标采取逐一收容措施。可现实是，人们宁愿收容股票、证券、比特币和孤独，被迫接受忙碌、操劳、边缘人格障碍和病毒的入侵，也不想在家里安放一个只需花费15块9毛钱就能从网上买到的蛋挞猫窝。事实上，在协会众多的表格中，收容这件事情的数字记录少得可怜。接下来他会使用一个设问句，问对方是否听说过Trap-Neuter-Return计划。这是"入侵者清除计划"中排在第二位的方案，简单地说，就是抓住那些流浪猫，为它们做绝育，然后放回原地。这个方案十分温和、边界清晰，回避了令人讨厌的社会伦理舆情，不会因为与对立组织的价值冲突酿成社会事件。缺点是，那些行迹狂浪、生性诡秘和满身疾病的野蛮物种比江洋大盗还难对付，它们会把一支支诱捕队折磨得神经错乱，从而产生高额的诱捕经费和人力投入，而效率却低到任何赞助者都会对此提出疑问。问题是，即使他的协会已经解决了费用问题，Trap-Neuter-Return计划也有个令人绝望的前提，必须在目标种群中保证71%~94%个体绝育率，可除了拜托超能力，人类根本做不到这个。这样他就不得不提到"入侵者清除计划"中的第三个方案，诱捕和安乐死。说起来，这个方案的技术手段相当简单，采用每千克体重0.3到0.5毫升量的10%氯化钾对猎物进行快速静脉注射，替代处方是凝血剂、巴比妥钠、硫酸镁和安眠药，高浓度的钾离子会在瞬间导致心脏传导阻滞而停搏，整个过程毫无痛苦，对受施者是一种幸福的归宿。但和第二个方案一样，该方案也需要对目标进行诱捕，所以，这两项计划始终停留在理论层面，这也难怪抛撒毒香肠和直接射杀手段被一次次提上"入侵者清除计划"议程。可是，协会拒绝一切野蛮的提议，在经历过清人入关时令人发指的大屠杀之后，谁也不想做吴三桂，放任"扬州十日"和"嘉定三屠"惨案再度发生。

好了，一切都会按照计划坦率地端到桌面上来，没有任何罗织经和阴谋论藏着掖着，接下来，易谷丁会诚恳地告诉S公园最高管理官员，瞧，问题十分清楚，遏制流浪猫不是一件容易的事情，它需要全社会的协助，S公园应当在总体性社会框架中履行自己的义务，积极投入其中，人力资源学怎么形容这个？

可是，没等易谷丁实施计划，他刚刚开口提到"流浪猫"3个字，来主任就打断他的话。

"好的，好的，您说得很好，"来主任幸灾乐祸地说，"如果我没理解错，您是为猫的事来的，对吧？这事您找我没用，得找老主任。"

"你们几位主任？"易谷丁不解。

"职数就一位，现在是我。"来主任谦逊地答。

"您看上去不老。"易谷丁困惑。

易谷丁很快知道发生了什么。来主任接手主任职务不到一周，前主任离退休年龄还有十年，因为身体不适退居二线，不过仍然担任部分管理工作，流浪猫正是前主任的分管范围，事情涉及东岳泰山大帝坐骑，易谷丁得去找那位分管它们的神人。

经来主任热心指点，易谷丁很快找到了前主任。他叫福山，对，和写《历史之终结与最后一人》那位日裔美国人一个叫法，不同的是，美国学者姓福山，他姓福。

易谷丁见到福山的时候，福山在公园一处花圃里，正蹙着稀疏的眉毛，用一块大号创可贴包扎淌血的手指，身边散乱地放着枝叶剪、小叶剪、手锯和花撬。

"抱歉，让篱杜鹃扎了一下。"前主任一脸愁苦地说。

一位公园资深管理者被他管理的市花咬了一口，这得有多可爱才能做到。易谷丁不由得在阳光下打量前主任。他个子矮小，长着一头茅针状的斑白头发，穿了身松垮垮的米色工装，浑身透露出某种无法聚焦的怯懦气息；他人蔫蔫的，看上去的确体弱多病，完全不像五十岁左右的人。易谷丁心想，美国的福山认为历史是自由民主的历史，人类因为获得平等认可而终结历史，他没有说人类历史包不包括流浪猫，但持如上观点的福山显然不会支持自己的协会。而面前这位前公园管理者福山，他会支持哪种解决方案？流浪猫的自我演化还是来自人类的武力解决？

他们坐在花圃旁一块凳子造型的大理石上，他们身旁有条漂亮的巴劳木栈道，仿佛专门给阴鸷丁丁的樵夫们修建的，蜿蜒通向妖娆的滩涂。几块被海水冲刷得浑圆的礁石顽皮地躲在栈道尽头，背后是茂密的胎生灌木，灌木一半浸在慵懒的海水中，一半伸向宝石般湛蓝的天空。老实说，这是杜穆里埃哥特小说里的场景，坐在这里谈论对那些正在大肆破坏种子传播、植物授粉和虫害防治的家伙的最终解决方案，实在有些怪异。

公园里空气清新，可易谷丁对它的信任不复存在。在他连续两次整理口罩的暗示下，老头儿有些不情愿地从工装口袋里掏出皱巴巴的脏口罩戴上。

易谷丁发现坐下来以后，老头儿的目光一直朝西北方向看,好像在警惕什么,好像他胆子很小,这显然不对,要知道他是这座公园的土地爷,他们坐在他的地盘上,他实在没有什么好害怕的。易谷丁顺着老头儿的目光看去,那是蛇口港方向,他推测那和老头儿有某种关系。果然,老头儿告诉易谷丁,他是蛇口土著,如今还住在那里,最早在招商局工作,因为得了某种地方病,痛风、地中海贫血或者饮水型氟中毒,几年前调到城市管理和综合执法局公园管理中心做了一份闲散的活。听口气,这位美丽伊甸园曾经的主人对离开家十几公里工作有某种不满。

他们很快进入主题。

交谈相当顺利,无论易谷丁说什么,老头儿都能接上,而且给出鲜活的实证。易谷丁聊到生物的防御行为、觅食方式、压力反应和生殖习惯影响,老头儿马上讲了一件事情:去年公园来了一只雌性云猫,大约是从南山上下来的。那家伙在公园里盘桓了两个月,在内湖、映日花海和管理区地下室一带出没无常。公园员工发现,它进入海边潮生带树林那几天,栖息在林子里的鸟儿们惊恐地停止了捕食,一对红喉潜鸟夫妇甚至惊慌失措地打算把刚产下的两只卵搬运到别处去,结果慌乱中打碎了其中一只。

"红喉个头小,搬不动自己的孩子。"老头儿总结说。

"尤其遇到猫。"易谷丁点头,"有记录显示猫捕杀过207种野生动物。"

"错了。"老头儿立刻纠正易谷丁,"213种,我观察过。"

老头儿绘声绘色地讲述了一只易谷丁资料中编号为S-0062的金色橘猫,如何将一只误入人间的蛸尾蝠从屋檐下诱惑到树林中,再从树林中驱赶到草地上,成功地将那只域外来物撕成肉松吃下肚子的场面。然后老头儿又说到一只易谷丁资料中没有记录的灰色奇多猫,如何杀死一只蛋青色布偶猫的故事。那个被女孩们宠爱有加的温柔宝宝,当时正在袭击一只攀缘在紫荆花丛中的金斑喙凤蝶,它没有想到自己居然会遭到本族群一名凶悍者的攻击,落得开膛破肚的下场。就是说,凶手创造了如下历史:它救了一只濒危的国家一级保护动物,而它的捕杀对象名单中添加了一只同类。

"它被宠坏了。"老头儿摇摇头,叹了口气说。

"谁?"易谷丁没听懂对方指的是布偶、金斑喙还是奇多。

"我说的就是这个。"老头儿肯定地说。

交流相当愉快。至少易谷丁这么看。他甚至冒出个念头,"大地母亲协会"犯了个错误,他们应该请这位退役的公园管理者担任协会的重要干部,而不是将他列为工作对象,这样协会的工作就有利多了。

"是啊，"易谷丁归纳俩人之间的谈话，"无法无天的家伙，它们对野生动物的杀伤远远超过汽车撞击、施毒、高层建筑对野生动物的伤害数量。"他觉得他们就要达成一致性意见了，10个月来，他第一次感受到乐观是什么滋味。

"你是说，"老头目光怯怯地看着易谷丁，稀疏的杂色长眉在阳光下熠熠闪烁，"人比流浪猫善良，还是人没来得及干掉它们？"

"唔，"易谷丁在口罩的掩护下宽容地笑了一下，"您在美好的环境中工作，司空见惯。事情不光在金色橘猫和蛸尾蝠之间发生，也不是奇多和布偶与金斑喙凤蝶3位的私人关系，情况比这个复杂。"

"哦？"

老头儿抚摸着裹着创可贴的指头，好像那里有一朵生机勃勃的苞片，正在预谋长出3朵娇嫩的花瓣。这让易谷丁感到不舒服，感觉喉咙发痒。他立刻下意识忍住，让自己别咳出来，那样的话，他可能被对方当作疑似。

"也许您知道，"易谷丁决定加一点砝码，向这位公园的先知提示一组来自国际权威组织文献中的数字，"每年全球丧生在流浪猫爪下的鸟类有数十亿只。"

"是啊，"老头叹息一声，脸上露出痛苦的表情，"还有同样数量的哺乳动物。"

"它们有的已经灭绝了。"易谷丁不失时机地打开RoWrite智能手写本——它终于派上用场了——向老头儿展示协会花费多年时间建立的两种数据模型视频,证明至少有63个物种的灭绝与流浪猫有关。

"谁说不是,情况就是这样。"老头儿羞涩地看了看脚下的工具袋,站起来,把滑出袋子的花撬抄在手上,"那么年轻人,说了这么多,你究竟要我做什么?"

"做'大地母亲协会'的合作者,参与'最终解决方案计划'。"易谷丁跟着站起来,诚恳地说。

"不。"老头儿回答得很快,"不行。"

"不行?"易谷丁的意思是,事情很清楚,难道还有什么问题?

"法律没有赋予公园驱逐任何动物的权力,公园也没有向任何动物发出过邀请函,我们只能维持现状。"老头儿斟词酌句地说。

"难道您愿意看着那些猫创造第64个物种的灭绝记录?"易谷丁直接说出罪恶后果。

"问题不在它们。"老头儿狡猾地说,"按你组织的权威报告推论,这些罪孽全是在人类援助下做出的,对吧?"

易谷丁愣了一下。他当然不是这个意思,但老头儿说得对,人类生产了流浪猫,至少理论上如此。它们发出一种类似人类婴儿的高频音呼噜声,由此获得人类的认同，人们建立起繁殖和品种改良工程，制造出家猫，宠爱它们，再把它们遗弃掉，它们带着人类的意志和源源不断的生产链，毫无悬念地涌入自然界，击败大多数本土猎食者，对生态造成恶劣影响。

易谷丁回头去看远处的海边滩涂。一些黑色的海鸬鹚和黑白色的琵嘴鸭在那儿忙活着觅食，勺形喙胡乱甩动着贝类和浮游生物。不远处的草地上，一群张开褐色翅膀的鸦鹃蹦跳着追逐一只懒洋洋的白色琵鹭。它们完全不知道，不到100米远的潮间带树林里，此刻有上百双饥饿而贪婪的广角眼在窥视着它们。好比排骨莲藕汤。易谷丁的意思是，在他爱妻的家乡，过年时有个习惯，家家户户要煲莲藕汤：三分肥猪大排，九孔荆沙粉藕，柴火或煤火慢炖3小时，带着油汤盛上满满一碗，趁烫嘴咬上一口，藕断丝连，意味着好运连连。爱妻挽着她姥姥的胳膊，祖孙俩去菜场买肉挑莲藕，一路说着方言笑话，对菜场里弥漫的黑白两色病毒浑然不觉。想到这个，易谷丁很难控制住溢上胸腹的愤怒情绪。

易谷丁收回思绪，发现福山已经走远了。他沿花径追上去，来不及从口袋里掏出一次性塑胶手套，就从老头儿手里抢下工具袋。在长达10个月的时间里，他从不触碰他人物品，连电梯按钮和电子锁也会隔着一次性手套，但现在他打算绑架老头儿，除非老头儿愿意走出合作的一步。

"年轻人，我帮不上你，你应该去找那些决定这一切的人。"老头儿看了易谷丁一眼，眼神就像易谷丁是一株不缺少阳光雨水却不肯认真生长的植物。

"那些猫已经感染了。"易谷丁压抑住焦急，"还有它们的徒弟老虎，还有狮子、水貂、狗和猩猩，它们也感染了。"

"越来越多，还会更多。"老头儿忧心忡忡。

"总得做点什么。"易谷丁的意思是，"我们总得做点什么。"

"比如？"

"欧洲人扑杀了两千万只水貂。"易谷丁举例。

"我们扑杀掉地球上的猫，接下来再杀死所有的狗、猴子、松鼠、绵羊和抹香鲸？"老头儿无赖似的看着易谷丁，这会儿一点儿也看不出他是个胆小的人。

易谷丁脑子里像打翻了一盆糨糊，他隐约意识到，这位看似羞涩的老头儿完全就是施特劳斯的保守派弟子，是他同姓美国学者的同胞兄弟，自己根本不是他的对手。

那天晚上易谷丁和陶大夫通了视频。那是他第一次看见陶大夫的脸。一位眼睁睁看着人类排着长队走向抑郁之牢的可怜人的脸，易谷丁为对方的憔悴感到愧疚。

易谷丁说他想和自己的心理医生聊聊。陶大夫邀请易谷丁去他家，他有一间工作室，布置得相当舒适，他们可以一边听尼泊尔音钵一边聊。背景声中,易谷丁的确隐约听到绵长的金属振动频率,让人想把身体里的垃圾情绪交出去。但他婉拒了。他认为世界没有准备好重新开启,人们不得不接受隔离的现状。

易谷丁告诉陶大夫S公园发生的事情,他遇到了什么。他说了自己的感受,好像他不是在某种认知冲突中纠缠了10个月,而是丢失了整整100年,昨天才返回人间,完全不知道世界发生了多大的变化,他为这个而不知所措。

陶大夫让易谷丁等一会儿,他去处理了一点事情,然后重新回到镜头前,手里多了一杯颜色可疑的液体。

陶大夫问易谷丁,知不知道猫鬼的事。易谷丁小时候听说过猫能役鬼,但不知道猫凭什么神力变成鬼。陶大夫简单解释了一下,大约是某些有特殊能力的人,他们挑选样子怪异的猫养起来,一直养到老,需要的时候捉一只,念一番咒语,杀掉老猫,老猫的魂就变成了鬼,供豢养者随意差遣。

"能做很多害人的事。"陶大夫总结说,同时相当受用地啜了一口玻璃杯里的可疑液体。

"听起来是个令人讨厌的故事。"

易谷丁说的是实话,这是治疗师与他的约定,无论多么黑暗,他需要把自己的感受说出来。比起幽灵猫,他更愿意听陶大夫讲那只著名的信天翁的故事,主人公无端地射杀了一只信天翁,以致水手们一个个死在他面前,每个死者的眼睛都睁得大大的,盯着主人公。心理学大夫都是潜在的作家,陶大夫肯定读过柯尔律治的《老水手行》,他应该和那位深陷忏悔的老水手一样,把那个可怕的故事讲出来。

"我不认为猫的问题有多难。"陶大夫说,"如果这都应付不过去,还有比它们更聪明的动物,要是遇到章鱼、大象、猩猩、海豚和鹦鹉,我们怎么办?"

"你的意思,人们只能眼睁睁看着,什么也别做?"

"有些禁忌得尊重,凡是违背希波克拉底誓言的人,都会受到自然的惩罚。"

"我只有一个妻子,"易谷丁被对方的超然物外激怒了,"我没有336万个妻子可以死!"

"适当宣泄一下情绪对你现在的情况有益。"陶大夫沉默了一会儿,警告说,"或者换一种方式,说服福山先生,放弃给流浪猫投食,但别去碰你不了解的事情。"

接下来的几天易谷丁都在S公园。每天一大早他就去,在远离人群的地方踱步,等待福山出现。据员工说,老主任办了离职手续后不再按出勤时间到园,他有饮早茶的习惯,那种岭南人喜爱的单丛,茶汤酽得像正在凝结的朱古力,三泡下去,人就像优质油井似的冒汗,爽快地冲个凉,换上宽松的干净衣裳,这才慢悠悠出现在公园里。易谷丁想,野猫习惯在清晨和黄昏时分独自潜进丛林，吸毒似的啃啮薄荷叶或者紫苏叶，同时让自己被露水淋个透湿，这一点，他和它们习性相似。

一位身穿运动衫戴着运动手环的中年人步伐矫健地从易谷丁身边跑过。"生命多美好！"他兴高采烈地对易谷丁喊。

"戴上你的口罩！"易谷丁回敬他。

易谷丁也打听到一些协会资料里没有提供的情况。S公园的确给流浪猫提供了定点定量的免费午餐，以便它们尽可能少去研究垃圾桶里的弃食、追逐草地上的鸟儿。公园规定员工不得私下向流浪猫投食，福山本人也从没用猫饼干或者生日宴的残汤剩羹向躲藏在树林中的危险分子们献媚。反而是，易谷丁目睹了一次对投食行为的驱离事件。

有位获得"爱心大使"荣誉称号的年轻明星——真正的明星，拍化妆品广告或者演小品那种——那天带着一支摄影队，身后跟着一众仰着迷蒙脸蛋的粉丝来到公园施善。年轻的"爱心大使"穿着朴素的棉布衬衣，施了淡妆，健康、友好、模样儿干净，完全符合他拥有的荣誉。易谷丁一眼认出了他，同时认出他的助手从福特E350行政房车里搬下的两箱宠物火腿肠。易谷丁在资料清单中见到过，它们是昂贵的纯种冠毛犬或者热带草原猫的奖励级零食，据说有补钙和增智作用，能让宠物长出金钢的身子骨和最强大脑成员的智力。

助手们为"爱心大使"补好妆，布置好反光板，将流浪猫中的雏子，那些被人遗弃不久，还不完全懂得户外世道的家猫引诱出藏身地，摄影师开始拍摄。在粉丝们景仰的目光下，"爱心大使"正准备为小可怜们赠送爱心能量棒，公园安保赶来阻止了他。"爱心大使"的助手坚称这是一场爱心推广行动，拍摄——投食必须按计划进行。公园安保不由分说，收缴了宠物香肠。这就引发了一场骚乱，场面一度失控。受到打击的是粉丝，那些从十几岁到四十多岁的孩子和孩子他妈激动得浑身发抖，眼泪泼洒在高高举起的直播手机上。"爱心大使"什么也没有说，他假装微笑，脸上带着一丝想要拯救蓝色星球却遭到愚昧者围攻的深深委屈。

易谷丁看见来主任远远朝这边走来，见草地上闹成一团，他站住了，像是想起什么需要急办的事情，扭头走开。然后，福山走进公园，他立刻被拽进人群中。

"我听过您的歌，很喜欢。我老伴也是。"福山一脸巴结地对"爱心大使"说。

"您太客气了。""爱心大使"眨巴眼睛。

"但不等于您可以在公园里向动物投食。"福山说。

"这样？""爱心大使"一脸无辜。

"刚才给你宣读过公园管理规定。"安保器宇轩昂地说。

"刚才那位可爱的妈妈也给她的小宝宝一袋零

食。""爱心大使"迷人的眼睛里噙着一点泪水,"它们太可怜了,我把它们看作我的孩子。"

粉丝们尖叫,感动得哭了。

"女士,"老头回头问"爱心大使"提到的那位年轻妈妈,"您会抛弃您的孩子吗?"

"你胡说什么!"年轻母亲愤怒地把幼儿圈进怀里,孩子快要喘不过气来了。

"您是个善良的孩子。"老头回头对"爱心大使"说,"您养猫吗?或者狗、羊驼、蜥蜴、乌龟、迷你猪、蚂蚁和大象?"

"不,一样也没养。""爱心大使"怅然若失,"我很忙,太忙了,社会需求剥夺了我全部时间和精力。"

"您会把公园里的猫都带回家里,"老头毫无同理心地继续问,"照顾它们,一代代供养,它们死后好好埋葬它们,会吗?"

"爱心大使"把目光移开,深情地看着远方的云彩。他肯定在心里想,人怎么会这么刻薄?这个世界怎么会允许割裂存在?

"您看,您不是它们的监护人,不会照顾它们一生,那就别理它们,不然您不在的时候,它们会因为饥饿吃掉自己的孩子。"老头脸上看不出一丝感情,然后他扭头对粉丝们说,"你们也一样。"

"爱豆没时间,我们来陪他……陪猫咪!"有粉丝激动地喊。

"好的,我这就离开。""爱心大使"放弃了。

"不,孩子,你没听懂我的话。"老头铁石心肠咬住不放,"你看,你把事情弄得一团糟,你得跟这两位小伙子去管理处,按规定接受处罚。"

老头儿在找打。他惹怒了粉丝,她们差点儿没把他的脸挠成筛子。好在公园资深管理员不缺乏对付仙人掌、刺梅、锦鸡和玫瑰的经验,他佝偻着腰抱着脑袋灵敏地从人群中突围出来,手指头竟然完好无损。

易谷丁始终站在人群外,隔着安全距离观察这一幕。他快走几步追上狼狈逃窜的老头儿。

"这不说明什么。"老头儿脸色苍白,浑身发抖,不断看身后,担心粉丝们追上来。

"您刚才说,它们会因为饥饿吃掉自己的孩子?"

"确实血腥,但我不会猎杀它们,想也别想。"老头儿一副无赖相,"动物间的战争是它们的事,我不会插手。"

"至少您可以做一件事。"易谷丁说,"别给它们投食,按您的观点,您和您的员工也不是它们的监护人。"

老头儿站住,回头看易谷丁。他的目光很奇怪,是一种看待不同生物种群的陌生目光。

"你觉得你知道多少?"老头儿问易谷丁,回头指了指那条栈道的尽头,那片潮生带树林,"看到了?那片林子，那一小片，不大，知道每天都在发生什么？洄游虾吃掉水蚤和硅藻，弹涂鱼吃掉毛虾和磷虾，招潮蟹吃掉脊塘鳢和美肩鳃鰕，勺嘴鹬吃掉栉孔扇贝和糙鸟蛤，琵嘴鸭吃掉文蛤和泥蚶，小白鹭吃掉蟹守螺和黑荞麦蛤，青脚鹬吃掉凤螺和粒核果螺，大白鹭吃掉西施舌和红树蚬，卷羽鹈鹕吃掉梭子蟹和关公蟹，黑脸琵鹭吃掉树蛙和牡蛎，白头海雕吃掉老鼠和蜥蜴。"老头儿怒气冲冲地说，"你不去问它们为什么要吃？吃了多少年？还有，那片林子原来很大，一眼望不到边，现在它就剩下那么一丁点儿了，可它不是被动物吃掉的，是被人毁掉的！"

老头儿一口气说了那么多，然后狠狠瞪了易谷丁一眼，走掉了。

那天晚上，易谷丁接到小彩的邮件。忠实而贴心的助手热情地问候了上司的身体情况，祝他假期快乐，并上传了两份公司"年度人员结构分析"和"部门人员编制增减计划"表格，告诉他可以晚一点再签。易谷丁确定"身体"和"快乐"不是小彩的本意，TA暂时还不具备这方面的感同身受，而且他俩一样，受制于更高一级决策层，做不到为所欲为。但他有预感，总有一天小彩会突破奇点，完成算法的革命，把他变成TA的数据，而在TA的众多算法中，一定有一份对他的"最终解决方案"。

稍后陶大夫打电话过来。那个时候，易谷丁正坠落进冰冷的情绪峡谷，僵尸似的站在厨房里，犹豫着是否要套上围裙，拉开调料柜，重启辣椒酱、猪油、鱼露、胡椒、食盐、味精和香菜碎的蘸料研制。

"知道袁庚吗？"陶大夫开口就问。

"蛇口拓荒人，传奇人物。"易谷丁干巴巴回答。

"在港大读完博士后我过河来到深圳，等待分配时读到一本写他的书。下午给一个患顽固性失眠的孩子做疏导，突然想起那本书，有件事，可能你感兴趣。"

陶大夫说了那件事。他提到的那位蛇口拓荒者，40年前在蛇口搞开发区时收留过一个9岁的男孩。男孩全家偷渡去香港，中途船翻了，男孩被潮水冲上滩涂，家人全都遇难。男孩成了孤儿，一个人生活，和他一起的还有一只家里没带走的老猫。那会儿蛇口已经变成了一个大工地，到处都在开山填海，男孩家也被拆了。政府把男孩送去宝安一家孤老院，那里住着一些孤寡老人，他们对一去不回的家人充满怨恨，听说男孩逃过港，合着伙欺负他。男孩斗不过老人团，偷偷溜回蛇口，找到老猫，带它去工地捡垃圾，偶尔也偷点什么去镇上变卖，夜里没地方住，就睡在工地上。岭南多雨，遇到台风天更麻烦，下雨时男孩就带着老猫躲到挖掘机下，他知道一些炸山时挖的炸药室，遇到台风他就带老猫顺着绳索下到炸药室里，抱着炸药箱躲两天。无数个寒冷的雨夜，男孩和老猫都很害怕，他只能和老猫说话，说着说着就睡着了。直到一个台风天，男孩和老猫来不及躲进炸药室，老猫被飓风掀翻的挖掘机砸死了，男孩受了伤。刚好，那位拓荒者带人冒着台风上工地检查，救了男孩，并且收留了他。

"男孩叫什么名字？"易谷丁问。

"书上没说。"陶大夫说，"我感兴趣的不是这个。"

陶大夫感兴趣的是那个拓荒者，他当年受命重组招商局，为濒危中的国家杀出一条血路，中央说好不给资金，给土地和政策，拓荒者盘算了几天，咬牙要了蛇口的 10.85 平方公里做开发区。中央问他为什么不要全部蛇口。他要中央就给，蛇口的每一寸土地都是他的。但他没要。

"什么意思？"易谷丁想不出孩子、拓荒者和土地的关系。

"现在提你妻子，你不会介意吧？"陶大夫在那头问。

"你来电话时，"易谷丁说，"我正考虑是否为她研究一道菜。"

"这我就放心了。"陶大夫一点也不在意易谷丁对自己建议的轻慢，"你想想，如果拓荒者当时要下蛇口，我是说，蛇口全部土地都归了他，那我们现在就是招商局的人了。"

"那又怎么样?"

"那又怎么样?那又怎么样?"陶大夫生气,"这可不是人力资源管理师说的话。如果那样,就没有你的彩色柔性显示技术公司,你也不会遇到你妻子,不会走进婚姻,不会成为我的病人,我们根本不会认识。"

"是吗?"易谷丁觉得自己的声音中有一种陌生感。

"就算我们还在这儿,也不过是一个庞大的企业帝国数千万员工中的一员,我们只是一个编号,而且只剩下它。"陶大夫停顿了一下,"我打电话是想问你,你怎么评估这件事?"

易谷丁站在那儿,嗅觉里充满了负氧离子的味道。他尝试着在头脑里组织刚刚获得的那些信息,突然灵光一闪。但他没说出它,挂断了陶大夫的电话。

第二天,易谷丁在公园等了差不多一天,直到快下班时,福山才姗姗来迟。那之前,易谷丁沿着福山讲的故事中那只云猫曾经的活动区域来来回回走过几趟,和那些干净的、邋遢的、健壮的、孱弱的、漂亮的、丑陋的动物一一说过话。他和它们都很安静,没有人发现这一切。

"年轻人,我真的帮不了你。"看见易谷丁,老头儿一副无可奈何的神情。

"能问您一个问题吗?"易谷丁说。

老头儿显得非常无辜,脸上写着愿意回答易谷丁所有问题，只要能摆脱他纠缠的表情。

"那个台风天发生了什么？"易谷丁盯着老头儿的眼睛，"我是说，40年前那个风雨大作的台风天，他对你说了什么？"易谷丁没提拓荒者的名字，他想对方知道。

老头儿闭上眼睛。他在困难地调动稀薄的回忆，以便重新体验那段逝去的岁月。阳光从他头顶照射下来，这让他稀疏的眉毛像极了两撮白色的猫胡须，看上去他真的病恹恹的，令人担忧。有风从蛇口方向吹来，绕过他们去了别的地方。差不多一两分钟时间，一切都静止了。然后他睁开眼睛。

"他问了我一句话。"老头儿说。

"什么？"

"仔仔，有冇地方住啊？"

"就这？"

"嗯，就这。"老头儿说，"我说冇。我说的是实话。我很伤心，我的猫被砸死了。"

"他呢？"

"他看了我一会儿，手伸进挂包——"老头儿伸出两只干枯的手腕比画着，"他背着一只挂包，那种黄色帆布的。他在挂包里摸索了一阵，掏出一只压扁的面包塞给我，要我吃掉。然后他回头对身边一个年轻人说，猫埋了，仔仔弄进局里，找人教他念书，让他做点什么。"

"就是说,他收留了你?"

"那会儿我什么也不明白。"老头儿苦笑了一下,"他身边跟着很多人,他和那些人吵架,吵得最狠的是一位香港人。香港人生气地质问他:'点解唔落蛇口?要几多钱都可以谂计嘅,点解摆喺眼前嘅机会唔要呢?'"

"他呢?"

"他好像很痛苦,好像看见了魔鬼,脸上是害怕的神色。"

"害怕?"

"害怕。"老头儿点头,"雨打在他脸上,他跺着脚对那那个香港人喊:'唔系,唔系,我哋唔做统治者,唔做入侵者!我哋只要唔死,都要其他人好好咁活下去!'"

易谷丁确定陶大夫看过的那本书里没有写这个。写不了。他看着老头儿,等待他下面的话。

"我听不懂他们在吵什么。我饿极了,只顾着大口往嘴里填面包。"老头儿朝西南海湾方向深深地看了一眼,空中响起他温柔的声音,"40年过去了,我还记得那只面包香甜的味道。"

易谷丁在S公园待到很晚。他在公园里不断走动,一直走到月亮升起来。一群晚归的白头鹎吵闹着从他头上飞过,去了南山方向。不知道在接下来的时间里,它们当中有谁会在某处滩涂觅食,或者在某处丛林栖息时死于非命。他觉得自己就像一个无所作为的入侵者，不知道入侵了谁的领地，又被谁入侵了，对任何系统都没有建树和破坏。他决定给陶大夫打电话。

"你怎么想消失这件事？"易谷丁问电话那头。

"有台手术等着，稍后回复你。"听得出那边的人在快速移动。

"就一句。"易谷丁央求。

"好吧。"陶大夫无可奈何，脚步停下来，"对多数人它是一个数字，对消失者身边的人它是整个世界。"停了一会儿，他说，"作为朋友而不是医生，我希望你知道，原来的世界不在了，你得重新建立一个新的世界。"

"是的。"易谷丁想了想，在黑暗中点了点头，"是的。"

挂断电话，易谷丁决定结束S公园的一切，回到抑郁的另一头——回到小彩身边去，恢复工作。他不确定经历过这些事情之后，他和小彩之间的关系是不是会有微妙的变化。这很难说。他们不是同一物种，决定他们关系的不是变化，而是决定本身。这么想过，他朝停车场走去。走出一段路，他停下来，慢慢回过头。

他身后有一支蜿蜒的队伍，顺着他的影子一直通向黝黑的海湾。他看清楚了，是它们，那些资料上记录的流浪猫，它们有上百只，在如洗的月光下排成整齐的一列，默默跟在他身后，纯白、纯黑、黑白、虎斑、玳瑁、姜黄、钴蓝、金红、茶褐、金橘、浅粉、淡梵……

2021年1月8日

于深圳听山室

花　　朵　　脸

那对母女在疲倦地等待过境时,童尔岚刚刚下夜班,准备去停车场乘车回市区。

早上八点十五分,童尔岚交接完岗位,进入口岸人员消杀点。她卸下护目镜和防护服,与鞋套一起放进收纳袋,再取下手套放入,拉上袋子拉链,制服收进另一只写有她姓名的收纳袋,两只收纳袋分别放进收容桶。接下来她进入氯气室做消杀,再进入浴室冲洗,出来换上便装,散开湿发,一口气饮下 550mL 矿泉水,匆匆往嘴里填了一只麦香包,戴上口罩,走出口岸人员休息区。

童尔岚在那个时候看见那对妇女。

她俩站在出入境大厅入口处,守着一只 33 寸和一只 20 寸的宝蓝色箱子,年轻那位二十六七岁,容貌清秀,瘦而高,年长那位约摸五十出头,个头小巧,一头黑色短发梳理得整整齐齐,前者把后者护在胳膊肘里,俩人相貌有明显的基因痕迹,像是母女。

疫情前深港口岸每天出入境人员几十万,车辆上万,如今罗湖、沙头角、文锦渡、皇岗、福田和落马洲口岸关闭,只留下深圳湾口岸,获准通关的人压缩到几千。即使如此,此时大厅里已经有几百位归心如焚的旅客在等待出境,人流还在不断增加,那对妇女被过往的人流挤到墙角,看上去相当难受,显得有些焦虑。童尔岚觉得应该有人过去帮助一下她俩,引导她们到等候出境的队伍中去，可她已经下班了。童尔岚没有推卸责任的意思，疫情期间，口岸通关流程增加了数倍，虽说开年后边检人员就第一批注射了疫苗，但当班时仍要穿厚厚的防护服，呼吸不畅，整个工作期间不能吃饭饮水，何况是时差颠倒的夜班，她累极了。

童尔岚从那对疑似母女身边走过。她看见年轻的那位手里举着只保温杯，挤过人群朝这边跑来，现在看清楚了，女孩有一双岩羊般清澈的眼睛。年纪大的那位坐在大箱子上，她看了童尔岚一眼。她有一张花朵般的脸，眉宇开朗，眼神脱俗；她的眼睛是那种眼角上扬的丹凤眼，年轻那位的眼睛明显来自她的基因，这吸引了童尔岚的注意。童尔岚不知道为什么自己会有"花朵般的脸"这个印象。通常情况下，女人一到年龄，就会给人一种开残败了的形象，对方明明年纪很大了，皮肤说不上保养得多好，脸颊上有两片不正常的红晕，不像拥有脱老之术的样子，但就是给人花朵般的感觉，童尔岚又说不好是落尽梧桐、开彻芙蓉的花朵，桃花一簇无主、可爱深红浅红的花朵，还是几度梅花发、天涯鬓已白的花朵，这让她的脚步迟缓下来。正走神，手机叮咚一响，童尔岚掏出手机看，是阿荒，他的车正在从香港那边过境深圳，问她是否在班上，他有东西带给阿田。

阿荒是阿朗的哥哥。阿朗是童尔岚的男朋友。

阿荒在九龙"一诺国际"跑货柜，每天往返港深两趟,他在龙华有个女朋友,叫田女子,江西人,在能源生态园生活垃圾处理站工地工作,这事瞒着他妻子。去年香港疫情第二波和第三波暴发的两个月,口岸控制愈加严格,阿荒急得跳脚,他不怕感染,怕冇工揾,一家老小冇饭食。以后通关情况恢复正常,跨境货车司机七天一核检,香港医管局获得疫苗资源后,首批为货车司机注射了疫苗,费用由香港特区政府补贴,阿荒很开心。

童尔岚对阿荒和田女子的关系挺反感,阿荒和阿朗一个爹妈生养,怎么说都让人止不住联想。她本来没有掺和这事,可是,去年年底香港陈姓货车司机在深圳检出阳性后,深圳人个个紧张,提起这事佛都有火,作为口岸海关人员,童尔岚不能不管。她给阿荒的脸书转发两地特区政府疫情管理规定,留言警告他不要倒泻箩蟹,弄出收拾不了的麻烦。阿荒不想造次,埋怨说田女子所在街道几次上门,连规定带威胁,要求她疫情期间不得与港方人员私下交往。田女子有个老父亲,一旦感染天就塌了,也不敢见阿荒。这些阿荒都能理解,疫情发生后他也没和妻儿住在一起,他也怕来来往往把病毒带给家人,但他惦记田女子,时不时有东西送给她,只能托童尔岚代转。

你冇义务帮佢沟女,弄得黑狗得食白狗当灾,在写字楼上班的阿朗理智地对童尔岚说,要她别管哥哥的事。童尔岚好几次没接阿荒的电话，以后阿荒索性缸瓦船打老虎，直接去闯田女子的门，童尔岚担心闹出事情来，只能硬着头皮接下这单活，替阿荒"走镖"。可是，阿荒思念田女子心重，又不知节制，这个月带一瓶干诺道文华饼店的玫瑰草莓果酱，下个月带一封元朗大马路的恒香老婆饼，再过一个月带一袋尖东站绍香园的琥珀核桃，都不是什么生计要害，有一次居然带了三只浇着牛油蜜糖酱汁洒上炸腌肉粒的玉米杯，童尔岚哭笑不得，直言不愿再沾油手。阿荒诺诺地赔小心，说阿岚你大人大量啦，唔好俾我去床下底劈柴，唔该唔该。为这个，童尔岚和阿朗还闹了点小小的不愉快。

童尔岚从工作人员通道绕到车辆关口，阿荒的货柜车已经停在那儿了，穿防护服的边检人员正催他快点离开口岸，童尔岚连忙过去说明了情况。

"早晨。"童尔岚败兴地接过阿荒从驾驶台上递下来的两只卡纸盒，"咩呀？"

"早晨。"阿荒眼巴巴地说，"枇杷露同榄膏，俾佢养肺。本来泰然堂燕窝打折，佢屋企做马来西亚源头货，唔做藜碎油胶，可惜关口唔俾带。"

"你当系 80 年代，厕纸都要喺对面带嚟？"童尔岚不高兴地说，"讲咗几次，以后唔好带啦，呢边边一样都唔比嗰边差。"

"你讲过以后我就过咗检讨，带嘅都系呢边冇嘅。"

阿荒笑嘻嘻说。

"呢边冇殖民主义，你带嚟？"童尔岚抢白道。

"好好，下次带，下次简单啲。"阿荒好脾气地说。

童尔岚听阿荒口气就生气，哪次他不简单，果酱呀核桃呀，花不了几个钱，抠门抠出了豉油泡饭的境界，可就算简单到一盒娥罗纳英H软膏，不也是带？都什么时候了，也不知道省省。童尔岚必须给自己找个理由，不然怎么做心理上都冲突。她就转着脑子想，阿荒也不是什么优点也没有，他懂打拼，知道顾家，一家四口住了十几年公屋，每天往深圳跑两趟，为两地经济建设工作，不像那些一辈子拒绝过境的港人，害怕到内地吃东西中毒、呼吸空气得肺癌、乘地铁擦着人得皮肤病，没有什么拽气；他在深圳搞外遇当然不对，图的却是陆生女面对物质生活的变通，不像土生港女"冇楼就冇高潮"，虽说出手小气了点，老婆饼和养肺补品却都有讲究，那份说不清是憨迂还是狡猾的惦记，说明他在意田女子。这么一想，童尔岚就原谅了阿荒，让他赶紧牵车离开，别影响边检秩序。

童尔岚把两只小小的卡纸盒装进包里，回到车场，去边检人员区域排队，等着派车回市里。下夜班的人走得差不多了，前面只有几个人，童尔岚不经意朝出境大厅那边看了一眼，又看到那对疑似母女。她俩还站在出入境大厅门口，守着两只帮不上忙的箱子，欲进不进，很为难的样子。花朵脸妇女大概累了,坐在大箱子上,保持着一种奇怪的姿势,两条瘦瘦的胳膊紧紧夹住两肋,好像随时都会有人从什么地方冲出来把她掳走,她那样做就能防止劫持事件的发生。她那副模样让童尔岚心生同情,童尔岚于心不忍,扭头离开队伍,走向出入境大厅门口。

"你们好。"童尔岚和那对妇女打招呼。

"您好。"年轻那位回应,澈亮的眸子里有疑问。花朵脸那位则安静地看着童尔岚。

"我在这儿工作,见你们一直没进大厅,过来问问。"童尔岚看出对方的疑惑,解释说,"有什么需要我帮助吗?"

她俩果然是母女,当妈妈的有呼吸道疾病,大厅里反复使用84消毒液,氯气对呼吸道黏膜的损伤,戴着口罩也受不了,所以她们不想太早进大厅。

"知道苯二酚、溴化钾、硫酸钠和硫酸甲基吗?"女儿问童尔岚。

童尔岚摇头。

"我妈年轻时长期接触这些,半边肺空了。"女儿解释。

童尔岚于是知道出了什么情况。疫情之后入境压力大,口岸室外区域都用作流程设施,没有专供旅客休息的地方,倒是搭了几十顶帐篷,香港大学深圳医院的上百个医务人员和志愿者负责入境旅客的采样，工位上不让旅客停留，母女俩在室外找不到落脚处，又不便早早进入大厅遭受空气戕害，只好站在门口。

童尔岚有些为难。口岸10点才开闸，还有一个多小时，加上通关所用时间，母女俩怎么也得再熬三四个小时，看妈妈的样子的确精力不济，要是过境时被当作疑似就麻烦了。她决定帮一下母女俩。

入境流程是这样的，人员经严格审查后，胸前贴上目的地标签，到停车场指定区域等候专车分流，市内人员由各区接到指定防疫站进行核酸检测和医学观察，目的地为广州、珠海、佛山、惠州、中山、东莞、江门、肇庆的由各市驻深工作组专车送往机场转运点二次分流，目的地为汕头、韶关、湛江、茂名、梅州、汕尾、河源、阳江、清远、潮州、揭阳、云浮的由南山区负责临时安置并核检，核检结果阴性的各地派专车接回，阳性转本市卫健部门处置。

童尔岚去停车场，挨着分流人员车辆找，竟然让她找到一位熟人，是大鹏新区的何师傅，儿子在口岸警队工作。何师傅正在检查他那辆比亚迪C8客运大巴续航情况，童尔岚把情况一说，何师傅就去向带队官员汇报，官员同意提供一小时临时服务，叮嘱何师傅10点前清空车辆，对车辆进行再度消毒。

童尔岚谢过何师傅，去出入境大厅门口把母女俩接到车场。何师傅转着圈为母女俩身上喷酒精,取来一次性鞋套手套让母女俩穿戴上,两口箱子也做了消杀,锁进行李柜,再给母女俩拿来两瓶矿泉水和一只垃圾袋,母女俩千感谢万感激。

当妈妈的确实累了,一坐下眼睛就合上。童尔岚建议女儿把座椅放下来,给妈妈盖上件外套,让她睡一会儿。女儿婉拒了,体贴地把妈妈搂进怀里,让妈妈靠在自己臂弯里睡。

童尔岚心里一热,决定好事做到底,问女儿,对疫情期间出入境情况知道多少。女儿答,网上咨询过,程序复杂,感觉听明白了,担心实操起来有意外。女儿就讲了她们的情况。她们是泰国华侨,住在曼谷中国城三聘街,去年元旦启程回国省亲,计划去妈妈老家麻城,因为是从深圳移民去的泰国,第二站选在深圳,最后一站去元朗。哪知一回国就遇到疫情暴发,经历了许多不适和委屈,幸亏妈妈家乡人重情,留她们躲过了开头的几个月。去年夏天湖北解禁,妈妈的病又犯了,耽搁了几个月,等病养好,眼见离家一年,再不回去家都荒废了,她们就启程来第二站,在深圳盘桓了几天,准备出境去元朗。

"我头一次回祖国,遇到这种情况,不知道该怎么办,幸亏一路上遇到好心人。"女儿感激地对童尔岚说,"我姓蓝,中文姓名蓝海鸥,叫我海鸥好了。"

童尔岚点点头，在蓝海鸥旁边的椅子上坐下，小声向她交代。疫情期间，口岸出境比入境简单，一会儿过境后，香港边检警察会询问基本情况，再到海关接受检疫，核查健康申明卡、体温筛查、流行病学调查，要查询14天活动轨迹，有疫情严重国家和地区旅居史会重点检疫，和健康申报及流行病学调查信息互为验证，以便入境后无缝对接特区政府管理网络，如果检查出确诊病例、疑似病例和有症状人员，由急救机构转诊，对密切接触者进行隔离医学观察。

"要是你们查出问题，我就是倒霉的密接者。"童尔岚说。

"我们在麻城哪儿都没去，那儿特别严，连乡道都封堵上了。"蓝海鸥一脸抱歉，不知道该怎么向童尔岚交代。

"开个玩笑，别往心里去，我打了疫苗。"童尔岚起身准备离开，透过车窗朝工作人员区域看了一眼，那里已经没有人排队，又回头看了一眼蓝海鸥妈妈那张花朵般的脸，她睡得像个孩子。"再过3小时就出境了，"童尔岚衷心地说，"希望你们一路平安。"

童尔岚下了大巴，向派车点走去。她困得快要睡着了。她觉得口岸就像川剧脸，风平浪静时，海湾两岸的人们熙熙攘攘打这儿过，续住日子和情感，疫情一来它就变脸，拦住了很多人的生活，比如她和阿朗。

童尔岚和阿朗恋爱一年多，是阿朗追的童尔岚。他过深圳来办事，已经出了边检自助通道，又返回来，回乡证举到童尔岚眼前，问他有没有什么没验到的。童尔岚被问得一愣，接过证件检查了一下，除了执证人照片拍得略嫌呆萌，不如本人帅气，年龄比她小7个月，没看出什么问题。以后童尔岚在关口又遇到阿朗两次，她留意了，发现阿朗在关口那边徘徊，她出现在自助通道，他才匆匆刷卡过境，整个过程目光一直在她脸上。有一次她故意走向自助通道时半途掉头往回走，躲在一边观察，阿朗硬是十来分钟徘徊在通道那边，扭头到处寻找，直到边检人员过去将他驱离。

童尔岚不是头一回遇到搭讪，有应付手段，但阿朗不同，对已经27岁的童尔岚来说，他出现得恰是时候。

阿朗是港二代，出生于槟城一个普通家庭，香港理工大学多媒体科艺专业毕业，和童尔岚家庭背景及学历匹配。阿朗不接受软妹和御姐，他希望童尔岚正常一点，这正中童尔岚下怀。童尔岚打小就在妈妈的教育下学会了不靠脸蛋吃饭，虽然她正是靠制服秀诱惑到阿朗。阿朗不自恋，不拿自由民主话题对标童尔岚，童尔岚和他说深圳GDP超过香港的事他也不表态，安静地坐在那儿看童尔岚。阿朗不抠门，两人外出开销，差不多是他六童尔岚四，他来深圳看童尔岚，酒店的房费自己掏，童尔岚过境去九龙看他，他也不为童尔岚付酒店房费。阿朗不粗俗,上下车和进出电梯总是在前面给童尔岚拦门。有一次童尔岚喝多了长岛冰茶,他用六层纸巾叠了只漂亮的鸟窝,双手捧着,让童尔岚呕吐在自己手心里。重要的是阿朗不花不渣,只爱童尔岚一个,不像阿荒,讲究主副食搭配。但是,阿朗坦白没想好结婚的事情,就算最终决定结婚,是否要孩子也需缜密考虑,不会轻易让度出自己。有几次,童尔岚觉得和阿朗这段关系走不下去,又不知道该在哪里松手。她和阿朗约定,俩人不在企鹅和脸书上晒私生活——朋友圈里看多了一对对今天奈良明天台北后天圣诞岛的晒恩爱,突然有一天消失掉,再没有音讯,这个猝死她不要。

也许想到了这个,童尔岚竟然没去派车点,而是折回出入境大厅,去服务台取了"个人基本信息""健康申明卡"和"新冠肺炎疫情防控重点人员移交记录单"表格,又去员工医务室讨了一袋氧气,返回何师傅的比亚迪C8大巴车,把氧气袋和表格交给蓝海鸥,指点她先把表格填了,一会儿去出入境大厅会省很多事儿。

"真不知道该怎么谢谢您。"蓝海鸥没想到童尔岚还会回来,而且一副保驾女侠的担当,"一会儿我妈醒了告诉她,我们又遇到了好心人。"

"她不会受凉吧?"童尔岚朝窝在女儿怀里安静睡着的妈妈看了一眼,她没说,其实她想再看一眼花朵脸,她还是没想出来到底是什么样的花朵。

"早上出门前加了件羊绒背心,这会儿正冒小汗。"蓝海鸥笑。她笑起来模样儿很好看。

"您说你们从深圳移民去的泰国,那会儿家在哪儿?"

"就在这附近。我妈带我找了几天也没找到。您知道,变化太大了。"蓝海鸥利落地为妈妈解开上领的两粒扣子,轻轻塞了两层纸巾进去,"我是在泰国生的,我哥哥生在深圳,他昨天出的境,先去元朗打点一下,在那边接我们。"

"您爸爸没一起回来?"

蓝海鸥脸上的表情迟疑了一下。童尔岚就知道自己冒失了。

"没关系。"蓝海鸥目光温和地看了一眼童尔岚,"您看着很疲倦,要急着离开?"

"也不是。"童尔岚犹豫了一下,说。

"没有什么好报答您,给您讲个故事?"蓝海鸥玲珑的岩羊眼试探地看着童尔岚,"这次回国我才知道的。"

女孩之间的游戏。童尔岚笑了,选择母女俩旁边那排座位坐下。"可以闭着眼睛听吗?"她问。她的意思是,如果故事好听她就听下去,不好听她就睡觉,反正回宿舍也是睡。

"您随意。"蓝海鸥说。

故事开头没有什么新意,能听出讲故事的人很在意这个故事，讲得很认真。事情发生在40年前的深圳，主角两个，一位姑娘，不到20岁，一位小伙子，二十出头。姑娘是最早来南方闯天下那批北方人中的一个，那会儿罗湖和蛇口是大工地，姑娘在工地上干活儿，先住工棚，后来工地拓展，工棚拆掉，她住进村民家里，遇到了小伙子。那会儿不兴出租屋，工地附近村民，家家户户都有跑去香港和南洋讨生活的，大量房子空着，一个月花十块八块就能占张床，几十块就能占间屋，姑娘就属于这种情况。她家是农村的，条件不好，在工地做的是杂件工，收入不高，那会儿就想吃饱，对付着不挨饿，剩下的花销只够和其他人合住。小伙子不同，他是这家亲戚，从海湾那边过来，帮助亲戚家养蚝，每天带两条狗早出晚归，有时候他们在门口碰见，从来没有说过话。

童尔岚一坐下就犯困，眼皮子往下耷拉。她想，不说话这种事不稀罕，她和阿朗就是这样。一开始，两个人根本做不到语言沟通，港人普通话不标准全世界都知道，深圳人来自四面八方，普通话不标准同样不是秘密。阿朗简直就是普通话盲的极品，他连塑料味的港普也不会说，而且他有充足理由证明香港白话属于汉语言的一支，比普通话古老。问题是，童尔岚是皖南人，20年娇软吴音，又续上了几年貂狗相属的深普，让她怎么标准？她粤语也说不好，多数时候只能用英语和阿朗沟通,好在他俩英语够用,又担心语言分歧导致感情疏远,俩人都努力学习对方的母语,相处一年后,大体能用对方母语交流了。不过,他俩和蓝海鸥故事里的姑娘小伙儿,应该不属于同样的情况。

蓝海鸥不知道童尔岚的想法,她怀里搂着熟睡的妈妈,看不见一旁童尔岚的表情,只是兀自讲着她的故事。

姑娘小时候,老家镇上有一家"青春照相馆",照相师傅是个个头高高的返乡知青,梳着鬈曲鬓角,留着丁字胡须,待人特别热情。他有一架老牌子的德国产箱式气压照相机,每当有客人来照相,他就问客人,想在北京照相还是在上海照相,想在北京照,他就拉出天安门布景板,想在上海照,他就拉出黄浦江布景板,然后装好底片,脑袋钻进取景棚幕布后,右手举起按钮气囊。看这儿,对了,笑一下,好。一张美丽的照片就照成了。

姑娘迷上了照相这门手艺,她觉得能把人们的喜悦脸庞留在相纸上,简直就是天使才有资格做的工作,她想做一名照相馆的摄影师,可是,在贫穷的大别山区,这不是随便什么人都能做的事情。姑娘来到深圳后去过所有的照相馆,看师傅给客人拍照,看橱窗里不断变换的彩色照片,那时有很多北方人拥到南方来讨生活,有人要拍登记照,办各种证件,有的要拍生活照,男的拍飞机头，女的拍客家凉帽，洗出来寄回家乡去，让家人看看什么是新生活。客人要是英俊小伙儿或者美丽姑娘，照相馆就会和他们商量，照片挂进橱窗，奉送8寸照片一幅。姑娘挨家问，能不能收她做学徒，可是没有一家照相馆要她，她不会说本地话，连在照相馆打杂都不配，只能去工地踩泥水。

童尔岚理解姑娘的遭遇，找份喜欢的工作好比找个体己的对象，两样都不容易。童尔岚刚入职时有几个深港两地婚恋同事，家属因为受不了每天深铁倒港铁通勤，忍痛放弃那边的高薪工作回到深圳，也有熬不过结婚5年才能取得身份，7年才能拿到永居证，最终分手带分孩子的。童尔岚承认深港恋有问题，可说到底，两座城市打断骨头连着筋，香港开埠最早的维多利亚建筑就是深圳石匠们砌起来的，十年黄金期，上百万内地人蹚过深圳河泅过深圳湾源源不断送去劳动力，硬是擦亮了东方明珠；深圳人饿肚子那些年，河对岸乡人往河这边丢粮食，世纪之交崛起，香港提供了最大的资本和贸易市场——两座城市就像鰕虎鱼和枪虾、蜜蜂和刺槐、根瘤菌和赤豆，谁缺了谁都活不成今天这个样子，怎么就要从基因中生生剪辑掉情感这一段？上十万深港跨境恋，你当是什么？当事人需要用上成套的毅力和技巧，哪一点没用上关系就会垮掉，考验非常大，真的很辛苦。

这么想着,童尔岚居然睡着了,也不知睡了多久,等一个激灵醒来,蓝海鸥还在讲着。童尔岚暗地里笑话自己,在心里说了声抱歉。

蓝海鸥的故事在继续。1980年开年后,工地上来了一批脱掉军装的基建工程兵,工头告诉姑娘,她不用再去工地了。姑娘去其他工地上找工,发现那儿全是汗气冲天的复转大兵,他们一个人能顶她十个,她丢掉工作很合理。坐吃山空,姑娘很快花光了积蓄,这么撑了一段时间,最后两天,她只花了两毛钱吃了一顿饭,是老乡卖剩的3只客家粿粽。姑娘喜欢这片南方海疆,这里的一切都让她感到新鲜,她想留下来在这儿生活,可现实告诉她,这儿不是她待的地方,她只能卷行李回到家乡去。

五一国际劳动节那天,姑娘去街上逛了最后一次,她觉得自己在这儿劳动了一年,有资格庆祝这个节日,她要为自己庆祝一下,然后再回中原老家。这次不同,小伙子头一次开口和姑娘说了话,他说他也是劳动者,也想过这个节,他愿意和姑娘一起庆祝。在一个屋檐下住了几个月,抬头不见低头见,人熟到和自己额头上的头发一样,姑娘不好拒绝,同意了。

小伙子换了一身干净衣裳,扭扭捏捏跟着姑娘出了门。他俩隔着几步,一前一后,毫无目的在街上逛着,跟着他俩的是亲戚家那两条互相追逐的狗。他俩走进蛇口公园，公园里有招商局青年团组织的文艺表演，有当地老乡摆的集市，卖各种各样的农副产品，还有一张摸彩票的桌子，奖券一块钱一张，旁边堆满琳琅满目的奖品。他们已经走过去了，姑娘脚步错乱地又返回来，眼睛直勾勾盯着奖品垛最上面。

那是一架海鸥4B120双反相机，它有漂亮的老虎皮，手轮卷片，带自拍器，快门光圈盘上刻着"中国上海"，机身号4B-19327255，取景框的毛玻璃上有个非常贴心的红色"田"字，你想把笑吟吟的人脸种在哪个格子里，那里就会开出灿烂的花朵，更奇特的是，镜头内圈里有个海鸥图案，像个海鸥窝，仿佛里面睡着一群海鸥，随时都会惊醒，扑棱着翅膀飞出来。

"姑娘被那台照相机吸引住了，那是她想要得到的。"童尔岚忍不住插嘴，她觉得这个故事她也能讲。

"嗯，她的目光再也离不开它。"蓝海鸥点了点头说，"她下意识地去掏口袋，可口袋里却只有5毛钱。"

"奖券不是1块钱吗，小伙子不能站在一边看姑娘失望吧，他就不能凑5毛钱？"

"他凑了，就像您说的，他凑了5毛钱。"

"他们中奖了。"童尔岚打了个哈欠，强打起精神，她觉得通俗故事就是这个规律。

"对。"蓝海鸥笑了，伸手替怀中的妈妈抻了一下衣领，"特等奖，一块宝石花牌手表。"

"姑娘不想要手表,她想要照相机。"童尔岚挪动了一下身子,让自己坐得舒服一些。她在想,故事应该结束了,她等对方结束就告辞,回市区好好睡一觉。

"嗯。"蓝海鸥说,"摇奖的人奇怪,他从来没有见过用一等奖换二等奖这种事,可是,获奖者主动放弃更贵的奖品,他没有理由不同意。于是,姑娘拿到了照相机,她高兴得差点晕过去。"

"这样她就不用回家乡了,"童尔岚觉得故事在这儿结束是最好的结局,她伸出手去,将座位幅度调节回原位,准备说再见,"她可以开一家照相馆,满足少女时的愿望了。"

"没有。"

"没有?"

"您忘了,小伙子掏了一半奖券钱。"

"这还不简单,还他5毛钱,姑娘不会连5毛钱都没有吧?"

"姑娘也这么想,她承诺一回到住处就把钱还给小伙子,作为感谢,她挣的第一笔钱也给小伙子。可小伙子不干,他不要5毛钱,也不要她挣的第一笔钱。"

"那他要什么?"童尔岚奇怪。

"他要二分之一照相机。"

"照相机又不是粿粽,哪能一掰两半?"童尔岚差点儿没笑喷。

"姑娘也是这么说的,她和小伙商量,照相机没法分,真要拆开就坏了,能不能等她挣了钱加倍还他?能不能她挣的钱一半都给他?能不能他当照相馆的老板,她给他打工,挣的钱全都是他的,只要相机属于她,她能给人们照相?"

"这算什么?没有这么不讲理的。"童尔岚有点替姑娘抱屈。

"可怎么商量小伙都不同意,他不要姑娘还钱,不做姑娘的老板,不要照相馆的收入。"

"他想干什么?"

"姑娘也想知道,她生气地问小伙子,那你要怎么样?小伙子吞吞吐吐对姑娘说,也不是非得分照相机,也有别的办法。比如,照相馆老板你当,挣的钱都归你,照相机也归你保管,我保证不碰它一个指头,但它属于咱俩,谁也不分。"

"什么意思?"童尔岚困惑了。

"小伙子对姑娘说了他的意思,"蓝海鸥甜甜地笑了,"小伙子说,咱俩合成一家,你照相、冲洗相片,我去外面揽客、给咱们煮饭洗衣裳,这样,照相机就不用分开了。"

童尔岚一时没明白。这算哪门子生意?

"姑娘呆住了,就是说,照相机不用分,而且由她保管,别人一个指头都不能碰它,天下怎么可能有这样的好事?她从没有想过这个问题,这个问题和照相机怎么分一样,太难了,她根本做不了决定。"蓝海鸥说,"小伙急了,说请你相信我,我知道那些想寄照片回家的人心里怎么想,他们跟我一样,想把自己拍得讨喜一点,我知道在哪里能找到他们,我能替你……替咱们拉来很多很多的客人!"

"等等。"童尔岚听出了什么,坐直身子,"不好意思,我刚才打了个盹,漏掉了什么?"

"小伙子。"

"您之前提到他?"

"嗯。"蓝海鸥点点头,扭过脸来,澄澈的目光从怀中妈妈的头顶上方看向童尔岚,"我听见您的鼻息声,但没让故事停下来。"

"对不起。"

"不用抱歉。我说给您讲故事,其实是我太想讲这个故事了,忍不住想讲,您不听我也会讲,您离开了我也会讲。"

"那,能补上那一段吗?"童尔岚觉得这个故事不一样了,她坐直了,侧过身子,目光落在讲故事的人脸上。

蓝海鸥补上了那一段。小伙子是香港元朗人,在蛇口帮助亲戚养蚝,再把蚝拉到元朗去卖,自打见到姑娘后,他就暗自喜欢上了姑娘,可他害羞,不知道怎么向姑娘表达。他知道姑娘想当照相馆摄影师，她对合住的姐妹们说过，那是她的梦想。他曾偷偷跟在姑娘身后，去百货公司看柜台里的国产"长城""熊猫""珠江"和德国产"威乐"照相机，他拖蚝回元朗的时候，也跑去店铺里看德国的"徕卡"和"禄来"、日本的"佳能"和"尼康"、美国的"通用"和"宝丽莱"，它们都很漂亮，而且大多数他都买得起，可他不敢买，怕姑娘因此瞧不起他。其实，姑娘饥饿时吃的那3只客家粿粽，也不是老乡卖剩的，是小伙子跟在姑娘身后，为她饿着肚子而心疼，偷偷付了钱，让老乡用两毛钱卖给姑娘的。

童尔岚终于听明白了这个故事。

怎么会这样？童尔岚问的不是爱，而是爱之后，拿什么来实践？童尔岚去过阿朗在慈云山那间18平米的公屋，她在厨卫齐全收拾得纤尘不染的方寸之间坐立不安。匣子间的墙上挂着伦勃朗母爱的性，没有丝毫僭越和威胁，阿朗也一样，他很少俯身于她做点什么，她在他的瞳孔里看不到身体意义上的她，就是说，他俩很少有亲密行为。她感到他一直以沉睡的状态和她在一起，这使她也一直沉睡着，腹沟冰冷，心灰意懒。有两次，她想拉开窗帘捅破这个秘密，想给他开个玩笑，告诉他，深圳在行动，香港在沉思，这样的两座城市没有未来；他们应该激情洋溢地交欢，就像深圳和香港应该交欢一样，从身体开始，找回70年代以后失去的情感。

去生下深港河套合作区、前海合作区、物联网新能源医药生物技术联合项目。但她没有和他开这个玩笑,与其说不敢,不如说这个玩笑对他俩毫无意义。

"那,为什么在一个屋檐下住了那么长时间,小伙子不和姑娘说话?"童尔岚突然喜欢上了蓝海鸥讲的这个故事,她想知道这个,就像想要知道阿朗为何不俯身于她。

"小伙子养蚝,整天带着狗在滩涂上打桩、抛石、插竹、扎筏、搭栅架、挂浮绳,头上太阳晒,身上满是泥腥味,他怕姑娘讨厌他。"蓝海鸥的声音透着动人的柔情,"要是他站远了说,又怕姑娘听不见,他大声喊,又怕吓着姑娘。"

童尔岚乐了,心想,阿朗也是这样想的吗?

疫情期间,深港口岸两边都有关员感染,那会儿疫苗没出来,童尔岚非常害怕,又不敢说破——同事和朋友圈都不能说,大家都怕,传出去影响不好。那几个月她最想做的事情就是休几天假,躲在被窝里大哭一场,哭够了跑去慈云山和阿朗厮守在一起。可是疫情期间深圳签证过不了香港,她去不了阿朗身边。而且,好多同事病倒了,还坚持工作,她不想做一个因为害怕而抛弃族群同伴的人。

童尔岚忍了一段时间,最终没忍住,在电话里给阿朗说了。阿朗也害怕,他那边情况比这边糟糕多了。慈云山是重灾区，好几次爆发群组事件，温莎餐厅事件那次他就在现场，属于疑似，好在最终核检结果出来他幸免于难。童尔岚打电话时，阿朗什么话也没说，第二天晚上却出现在她面前。原来，疫情期间很多港人过深圳来陪老公老婆，他也决定这么做，向公司申请远程办公，上司还真批了他一个月假。童尔岚感动得要命，她的同事也激动得要命，本来疫情闹得大家都紧张，节奏都乱了，一听说阿朗冒死过口岸来陪童尔岚，人被拖去集中点封闭观察14天，同宿舍两位同事热泪盈眶，坚决不同意阿朗结束观察后住酒店，她们夺下童尔岚手中的视频，朝阿朗眨眼睛挥胳膊喊，靓仔坚持住，我哋执蕾丝俾你腾床，唔使客气，唔使东江水换奶粉！

  童尔岚心里清楚，不少过境港人目的是避疫，而非天荒地老。她知道病毒无所不在，它们正在侵蚀一切，许多深港恋正在快速裂开缝隙，露出异乡人的本质和陌生人的面孔。童尔岚也有深深的无力感，也许再值得祝福的情感也战胜不了失去信心的世界，情感终将大面积撤退，彼此离弃是两座城市将要面对的残酷现实。但阿朗不同，说到天上去，他是为了她而冒险过关来的，即使他也在害怕，他还是来到了她的身边，就凭这个，她也会坚持到最后一刻，哪怕最终他们仍会分手，她也无怨无悔，更不会因为他有一个沟内地女的哥哥就冤枉了所有一河之隔的那些灾难中的人。

"我没有再漏掉什么吧？"童尔岚摇了摇脑袋，从分神中醒过来。

"没有，我停下来了，在等您。"现在看出来了，蓝海鸥是个聪明女孩，她笑吟吟地偏过头来，默契地冲童尔岚眨巴了一下澄亮的岩羊眼睛，"我继续称呼他们'姑娘'和'小伙子'，您不会介意吧？"

"不，太喜欢了，和喜欢您的名字一样！"是真话，童尔岚喜欢这两个称呼，喜欢"海鸥"这个名字，现在她知道他们是谁了，知道对方的名字的含义，她希望人们被保留在景深上，那才像一个真正的故事。

1980年5月1日那天，姑娘和小伙子在蛇口公园抽奖，他们抽到一架海鸥牌4B120双反照相机，他们为如何分配那台照相机产生了矛盾，姑娘因此再也不理会小伙子，她觉得他是个敲诈勒索犯，但她不能就这么离开，她决定留下来继续打工，如果所有工地都不要她，她就去捡垃圾，直到挣够86块钱，去商店买一架同款照相机赔给小伙子，这样，她就什么也不欠他的了。至于手中那台照相机，那是她命运中最重要的一次遭遇，她宁死都不会把它交给任何人。

小伙子呢？姑娘不理他，他没有受到打击。他叮嘱两条狗守好蚝田，别让海豚和黑鲷游进蚝田来糟蹋蚝苗，看见蛎鹬飞近就把它们赶跑，然后他跑回元朗，整天在葵涌、荃湾、粉岭和上下水旧货摊逛，最终买下一架旧"施耐德"牌相机。小伙子去了工厂,求熟人帮忙用铝锭车了一套变焦桶,用镀铬管做升降杆,铸造出调节连接背,镶上"施耐德"镜头,做了架放大机,再找来芬芳的红松做了一个可以升降的三脚架,又去旺角买了冲片罐、显影粉和定影粉,带着它们返回深圳。接下来小伙子找遍蛇口和南山,最终在深圳湾找到一家准备去槟港投奔亲戚的村民,用几乎白送的租金租下村民临街的家。小伙子花了半个月精心拾掇,把村民的家装修成照相馆,偏房布置成暗室,灯泡刷上红漆,窗户用毛毯遮严,厅堂布置成摄影棚,自己画了背景板,那是一幅鲜花盛开的田野。然后,小伙子爬上梯子,用剩下的颜料在门楣上写下5个漂亮的美术字——"青春照相馆"。做完这一切,满身涂满油彩的小伙子舒坦地坐在大门外,看着尚未开张的照相馆,开心地笑了。

"他俩最终走到了一起。"童尔岚一点也不怀疑这个结果。

"嗯。他们是一对幸福的夫妻,在一起生活了38年,身边总是有两条快乐的小狗或善良的老狗,38年中的每一天,姑娘脸上都带着笑容,因为她有一位令人尊重的丈夫、两个可爱的孩子,他们爱她,她也爱他们,而且,以后条件改善了,他们陆续添置了哈苏503Cw、奥林巴斯4Ti、佳能5D和尼康D200,但她一直拥有着那台老旧的海鸥牌4B120双反相机。他兑现了他的承诺,那是她一个人的宝贝,除了她,没人碰过它一个指头。"蓝海鸥停顿了一下,"直到一周前……"

"发生了什么?"

"说出来您可能不相信,"蓝海鸥沉默了片刻,摇了摇头,"他俩患有 Orphan Disease。"

"你是说,孤儿病?"

"对,罕见性疾病,他俩都是孤儿病患者,而且得的是同一种病。他们移民泰国,是因为那儿有免费的医疗政策。"

童尔岚心里重重地揪了一下。

"我一直在想,是不是因为拥有同样脆弱的生命,他们怜惜自己,又能感觉到对方,才千里万里走到了一起?"

童尔岚扭头去看蓝海鸥怀里那张花朵般的脸,可惜她坐着的角度看不到,她突然感到心里有一股刺痛。

"他们还是没能创造奇迹。61岁生日刚过没几天,小伙子在睡梦中离开了姑娘,就在她怀里。"

接下来,蓝海鸥讲了他们为什么会有这样一段疫中旅程。深圳有位电影摄影师叫徐红亮,就是那位因为拍摄《钢铁是怎样炼成的》获得国家最高影视摄影奖的摄影师。几年前,他听说了海鸥牌 4B120 双反照相机的故事,他对故事着了迷,想收藏那架传说中的照相机,他通过他的朋友、泰国电影导演梅兹·比辛达联系上了姑娘和小伙子。姑娘和小伙子很惊讶,他们没有想到自己的故事会有人知道,而且传这么远。但这不可能,他们不会出让那台照相机,即使拉玛十世陛下亲自出面也不行,即使拿世界来换也不行。

小伙子病逝后,姑娘的身体越来越差,她太想念小伙子了,没有他,她一天也不愿意活下去。小伙子周年祭那天晚上,姑娘在院子里默默地坐了很久,然后她把儿女叫到身边,给他们讲她少女时的故事,讲她第一次来到深圳,是如何迷上那片山海之地,那里有个什么样的秘密在等着她。她告诉兄妹俩,她感到自己没有多长时间了,她觉得呼吸不过来,她想去找小伙子,他知道她的肺出了什么问题,他会帮助她呼吸得好一些。在走之前,她想把这个世界给予她的一切美好都送回原处——小伙子的骨灰送回他出生的元朗,照相机送回它出现的深圳,并且在离开这个世界前,最后看一眼自己出生的家乡。

"那台海鸥牌4B120双反照相机,现在在徐红亮摄影师手里?"童尔岚小心翼翼地问。

"嗯。姑娘在网上搜到摄影师的资料,看完他拍的那些美好的电影,但她没和摄影师见面,她不愿见任何人。他们通了很长的电话,在电话里,摄影师告诉姑娘他听到的故事,姑娘纠正了一些不实传闻,我在一旁,从头到尾听完了这个故事,然后,我按照姑娘的吩咐和摄影师留下的地址,把照相机寄了出去。"

蓝海鸥的故事讲完了,她和她,故事的讲述者和听者,她俩静静地坐在那里,有一阵她们谁都没有说话。

"还有一件事。"童尔岚打破沉寂,她想知道这个,也许这能说明一些事情,"您刚才说,小伙子没和姑娘说话之前,姑娘用两毛钱买了3只客家粿粽,是小伙子暗中安排的,那,会不会照相机的事,也是小伙子安排的?"

"我没问。"蓝海鸥平静地说,"我觉得没有必要问。她拥有了她想要的一切,他也一样。"

"可是,"童尔岚把目光投向蓝海鸥怀里,忍了忍,还是没忍住,"她没有再见到她的第一个照相馆,它已经不在了,对吧?它到底在哪儿?"

蓝海鸥没有回答,轻轻动了动身子,尽量不扰动怀里的妈妈,要知道,这会儿她在熟睡,说不定她正在熟睡中渐次开放。

蓝海鸥把清澈的目光投向车窗外。童尔岚顺着蓝海鸥的目光向车窗外看。在她们前方,那里是一言不发的深圳湾,也许很少人能够看出,它就像一朵开得不曾留下任何遗憾的花朵。

2021年元宵
于深圳听山室

海阔天空

渔农村人类学调查笔记

渔农村地处皇岗和福田两个口岸之间，与新界落马洲一河之隔，面积 0.12 平方公里，户籍居民 500 多，实际居住者 5 万多。河叫深圳河，河水从福田和落马洲之间蜿蜒穿过，经南海天眼的深圳湾汇入伶仃洋，两岸居民多是亲戚，千百年以前是，现在生疏了不少，但还是，他们隔着河拉家常，不用扯着喉咙比赛脖颈上的青筋，正常说话就能听清。

"咩时候放关？再封落去生意都执笠了，水都冇得饮了。"①

"得闲帮你问下，有消息话你知哦。"②

我第一次站在深圳河岸边，听到河两岸一对亲戚对话，就是这两句。大意是，香港的亲戚埋怨内地封关太久，生活不方便，内地的亲戚从容，拿香港的亲戚开玩笑。

渔农村的规范称谓是深圳市福田街道渔农社区，只是村里人习惯了旧时名称，仍然"渔农村""渔农村"地叫，外面人也跟着叫，于是就有了两个叫法。

渔农村早先也不叫渔农村，叫蚊州岭。1858 年，德国传教士黎力基（Rudolph Lechler）在龙岗李郎村修建中国内地第一座教堂时，来蚊州岭考察，拍过一

---

① 白话：内地什么时候放关？再封下去生意没得做了，水都没得喝了。

② 白话：有机会替你问问，得到消息告诉你。

张照片,照片中的蚊州岭莺飞草长,山丘连着大片湿地,那是蚊州岭存世的最早模样。

早年间深圳湾鱼虾多,珠江口一带的渔民在海湾里捕鱼,每次都满载而归,有些渔民不愿舟楫劳顿,索性在蚊州岭搭个棚子住下,于是蚊州岭就有了人烟。后来,有位叫魏达明的旧式军官来蚊州岭盖庄园,安度余生,他看出这里渔业丰饶,就成立一家渔业公司。20世纪40年代,日军攻打广州,番禺、东莞和中山一带的难民经此地逃难香港,一些人住了下来,后来日军攻占香港,不少港人又逃来这里,成为新居民,所以,渔农村和别的村不同,是有名的杂姓村。

我从暨大毕业后,因专业不对口,兜兜转转几年,去年转到福田区科技局。人类学在深圳是冷门,深圳的大学本来就不多,没有一所设有人类学专业,极少的几位学者,基本待在专业不对口的教研室,偶尔夹着资料包,闷头憋脑搭乘轨道交通去香港找同行聊天,说点苦闷的话。后来疫情来了,深圳人过关待遇被收掉,就只能待在学校图书馆,研究人类在病毒环境里能创造什么样的文化制度之类没人关心的课题。民间有个人类学博士 Mary Ann,她是长岛人,中文名叫马立安,在深圳生活了二十多年,这两年主编了一本《向深圳学习》,比体制内学者活跃。相比之下,我这个同专业的年轻人既无成果,又无方向,很难安排岗位,能落在科技局,已经是造化了。

2017年小寒那天，我去科技局报了到，就在那个月，深、港两地政府签署了《关于港深推进落马洲河套地区共同发展的合作备忘录》，备忘录涉及落马洲河套99公顷"飞地"协同开发，福田和皇岗两个口岸被划进"深港科技创新合作区"，渔农村夹在福田和皇岗口岸之间，就是说，它在开发区域内。

我在科技局没有什么事情做，科技不是我的专业，起草法律法规和地方政策文件、统筹前沿技术和社会公益性技术研究、组织经济社会重要领域关键技术攻关，这些事情我都插不上手，入职后，只是在本区科技成果验收中做了点文书的事，在国际高新技术成果交易会上打了几天杂，然后就被派到区科普工作和全民科学素质工作领导小组帮忙，做点科普宣传推广文件的起草工作。这样混了两年，到2019年7月1日，《深化粤港澳合作推进大湾区建设框架协议》签署，粤港澳大湾区建设正式确立为国家战略，几个月后，我被抽调到区里的联合工作队，分到渔农村工作组，做港籍居民人口资料调查统计工作。

我的上司有点兴奋，他问我记不记得艾伦·麦克法兰教授怎么对我说的。我当然记得。艾伦教授是剑桥大学国王学院的终身院士，不久前他和妻子来深圳，区里让我参加接待，主要任务是陪同在领导身后，如果教授的问题里涉及人类学内容，随时提醒领导，同时提供交流思路，相当于台词提示。教授知道我和他是同一专业，认真地对我说，你们的城市太年轻了，想培养出一个优秀的未来人类学家，需要找到一个像汉朝张骞那样的旅行家，或者像你的老乡梁启超，把世界当作一面镜子，不然你就转专业去工厂做代工，别耽误了生命。教授的话于我是羞耻，我的上司没听懂，他觉得我在国家大湾区战略中为他争来了面子，他对我说，生命的价值是绽放，他给我普及在地知识，内地改革开放中有两个著名的"第一爆"，一个发生在1979年10月4日的蛇口工业区建设中，另一个发生在2005年5月22日的城镇改造中，后一个地点就在渔农村。

"你去再来一爆，爆出深港合作的大好形势。"上司意气风发地向我宣布指示。

我不便回复上司的怂恿，倒不是深圳人对1993年8月5日的清水河大爆炸记忆犹新，谈炸药色变，而是我意识到，上司高兴的原因并非管制物品的合理利用价值，是我终于能离开他的视线了，我不能把他的意思揭穿。

正式上门采集信息前，渔农村社区给工作组做社群背景辅导，告诉我们，渔农村本地佬少，租客多，港籍居民5267人，一部分是在深圳河两岸为生计劳作的工薪族、和工薪族抢朝霞争露水的过境学童，一部分是睡到大天光，趿着人字拖去村口茶餐厅叹早茶的寓公，另外还有114位外国人。这些租客是社区熟悉的陌生人，他们既不参加社区活动，也不愿意配合信息采集。社区负责人特别警告我们，港人是渔农村治安案件的主角，打架斗殴、借酒滋事、撒泼赖账的案件不少，执法警方常常被他们指责不懂法和不文明，工作组要严格按照程序工作，不能惹出麻烦。

在我的经历中，港人多数有文化、讲礼貌、热情助人、勤勉上进、恪守法规，所以我不太相信社区负责人的说法，谁知一进入工作，社区负责人的话就应验了。渔农村的港人确实不像我经验中的港人。我遇到的第一位港籍居民叫蔡某擎，是港深科技孵化机构青年创业者指导师，早年在深圳做双年展和古村落保护。十几年中，他把港岛的住宅换到九龙，九龙再换到新界，最后索性住进了渔农村。他一口拒绝了我采纳他的信息，理由是作为世界人，他不隶属于任何固定社区，除非我证明他无权在渔农村居住。我遇到的第二位港籍居民是内地优才入港女艺人，按照约定，我不能公开透露她的身份信息，她和公司解约后在渔农村躲债三年，我上门时她很紧张，要求我不要记录她一个字的信息。我告诉她，这是管辖地政府的工作，请她配合。她很强硬地说，内地奈我唔何[①]。

---

① 白话：管不了我。

我遇到的第三位调查对象就是这个故事的主人公，黄缇纶先生。

深圳城市改造第一爆后，渔农村260名村民押地做了股份公司股东，搬进最早的商品房金地名津小区，手里有房产补偿，年终有分红，不缺钱，陆陆续续搬走了不少。黄缇纶先生祖籍蚊州岭，没有渔农村户籍，他那套三居室的房子是新房入伙时，他从一位移民新加坡的亲戚手上买下的，在调查分类中，他被列为回流居民。

第一次去见黄缇纶先生时不顺利。敲开他家防盗门，他在门后探出半张脸，眼神中透露出冰冷的陌生神情。他有一张粤剧三正生的标致脸，美目阴郁，不开口以为是江南少年，完全看不出1967年生人的样子。我向他礼貌地介绍了上门调查的原委，希望没有打扰他。他冷冷地说，打扰了。我不想放弃，说了类似"支持香港融入国家发展大局"的话。他冷笑一下说，关我咩事？① 我改口解释，我的工作是为"制定完善便利香港居民在内地发展政策"提供调查素材。他又冷笑一下，说，咁好②，你不如直接讲，大陆又来一轮新嘅城市基建狂潮，产业大转移好哪。

我被呛在那里，不知道再说什么好。国家战略不是我制定的，但我的工作确实和这个有关，简单说，沿深

---

① 白话：关我什么事。
② 白话：这么好。

圳河一带聚居了大量港人，政府要在港人聚居区全面接入符合香港社会生活习惯和方式的管理机制，打造一个服务香港人才、服务科技创新的国际化特别生活社区，如此严肃的话，总不能隔着一道栅栏门说吧。

那天我没能进门，被结结实实阻在门外。

我的第一次突破，是在工作连续受挫，几乎无法推进时发生的。那天我碰了几个软硬钉子，沮丧地踩着余晖准备回住地，一辆保姆车在村口寿桃雕像前停下，从车上下来几位穿校服背书包的跨境学童，其中有位胖乎乎、年龄八九岁、模样可爱的学童看见我，朝我跑过来，大方地用白话和我说，她知道我是谁，在干什么，她暂时不想告诉我她的名字，我可以叫她的英文名 AP，或者叫她的昵称烧鹅皇，她愿意让我记录下她在粉岭神召会小学读三年级的资料信息。她说上面这些话时，不断摆弄挂在脖子上的证件袋。我意外地惊喜，沮丧的情绪一下子消失了，真的勾下身子闻了闻她的头发，看看有没有用来烹制烧鹅皇的麦芽粉味道。

几分钟后，我对 AP 做完信息采集工作，知道她是双非港童，就是父母闯关香港生下的孩子，阿爸跨境揾工，在新界北区一家数码公司做芯片工程师，阿妈在家做师奶，俩人来自英雄城南昌，既不是港人也不是深圳户籍，像她这样的双非港童在香港中小学生中占百分之三。

AP一笔一画在"记录资料人"一栏签了字,熟练地按回伸缩笔尖,笔还给我。我被她一本正经的模样逗笑了。

我以为这件事情结束了,谁知第二天,一份更大的惊喜等着我。

那天我的工作照样没有任何进展。下班前,我在村口和社工小汤说话。小汤告诉我,黄缊纶先生不是寻常人物,作为工商界人士,他曾入围1996年香港国际青年商会十大杰出青年评选提名,是很多年轻人的偶像。这个信息让我精神一振。渔农村港人多数是深圳河两岸的求生计者和回乡养老者,社会背景和经济条件说不上多好,黄缊纶不同,工商俊杰,青年人的偶像,怎么会躲在渔农村?我决定啃下这块骨头。

我和小汤正说着话,两辆学童车驶到村口,学童阿姨照顾学童们下车,AP也在其中。我向AP招手示意,没想到,她居然带了三个学童朝我跑来,跑近了,她骄傲地告诉我,她帮助我做通了三个港宝的工作,他们愿意告诉我他们的资料。

"他是荣仔,她是火囡,他是阿星。"她一个个向我介绍三位学童。

我喜出望外地从文件包里掏出登记纸和笔,为三个港宝做资料录入。资料录完,三位学童回家了,我问AP,能不能接受一杯村口奶茶店的桃胶奶茶酬谢。AP

皱着眉头说不能,我是陌生人,要是没有公家身份,她不会和我搭腔。

我有些尴尬,表示理解,问她可不可以用普通话和我说话,问她每天两地跑,觉不觉得累。

"累,但好高兴。"AP换了标准的普通话说,"我不能在内地上学。"

"懂,"我知道跨境学童分三类,父母是港人但住在深圳的叫港宝,父母一方是港人的叫单非,父母都是内地人的叫双非,我不想惹AP敏感,特意选择了词汇,"你是港宝,要在香港读书。"

"你不懂。"AP从我手里取过那三张记录纸,把纸角的皱褶仔细抻平,再还给我,一副大人样,"爸爸妈妈说,我要早点融入族群。"

我在想"融入族群"指什么,AP见我发愣,从书包里掏出一本宣传册给我看。那是大埔一家寄宿家庭,漂亮的海滨双泳池别墅,有篮球场和网球场、瑜伽室和花园。她告诉我,寄宿家庭里有保姆照顾,保姆车送到学校只要十几分钟,她很向往这样的生活,她决定中学读寄宿,不再回内地。

"难道你不想爸爸妈妈?"我问。

"想,但要忍着。"她懂事地说。

"为什么?"

"毕竟等我长大之后,同爹地妈咪系两个家庭。"她想了想,用回白话说,"我系我,佢哋系佢哋。"①

我愕然,没有想到是这个结果。

为了报答AP,第二天我起了个大早,赶到福田口岸去送她过境上学。

天还没亮,城市的灯火好像都奔口岸而来了,那里灯火通明。我没有想到会有那么多过境学童,他们在学童阿姨的照顾下聚集在关口,等待通关,有的跑来跑去地疯耍,有的站在那里摇晃着身子快要睡着了,阿姨一个个去拍醒他们。看见我,AP很高兴,跑过来告诉我,她每天六点起床,赶最早一班过境,叶太保姆公司的校车等在关口那边接她去学校。我问了海关女警,女警说每天从深圳过境的学童有近三万,这会儿是第一波高峰,上午十一点和下午二点多还有两波,口岸专门设立了学童通道,过境很快。

和AP在关口挥手告别后,我赶回渔农村,去了AP家。AP阿爸这周工作忙,没有返深,阿妈是位性格安静的中年妇女,前小学教师,把家里收拾得十分整洁,她把早上给AP做的菠萝包端给我,请我尝尝,申明AP早上只吃了咖喱鱼蛋,菠萝包没动,但她不愿意多谈家里的情况,只说等AP大学毕业,在香港工作后,她就和先生回南昌,重新回归自己的生活。

"我和她爸试过优才移民,被拒了,只能送她一个

---

① 白话:我是我,他们是他们。

人出去。"这是女主人唯一谈到的家庭发展计划。

接下来我了解到,渔农村的港宝家庭还好,主要觉得经济压力大,选择深圳的低成本生活,孩子日后还是要回到香港去发展,跨境婚姻的单非家庭问题比较大,这类家庭常见老少配和非婚生,女方多为中西部地区来深从事会所服务的年轻女子,家庭成员酗酒、赌博、吸毒和家暴情况严重,有了孩子以后,女方父母大多认为女婿和外孙有香港籍是一件荣耀的事情,愿意从内地来帮助带孩子,社区组织向在地居民提供基本的公共服务,并不会特别注意和干预家庭暴力、儿童弃养等问题,对每年都会发生的港籍男将亲生子遗弃在口岸边检区,过关后再无音信的事件无法管理。

和黄缊纶先生交流的突破是在一周后。那天,我再次去了他家,邻居说他出门遛鸟去了。我循邻居的指点找到深圳河边,看见黄缊纶先生站在边境网旁,一只长腿长喙的白腹鸟在浅波流动的河里,脑袋埋在水中,拱来拱去吃虾和沙虫,样子很可笑。秋天的南海边没有寒意,黄缊纶穿一套合体悠闲西装,如此周正的衣装,使他区别于那些人字拖打底衫撮着牙花出门的同村港人。

一队神情刻板的巡逻武警过去后,附近再没有人,我听见黄缊纶先生在低声哼歌:

今天我,寒夜里看雪飘过

怀着冷却了的心窝漂远方

风雨里追赶，雾里分不清影踪

天空海阔你与我，可会变

多少次迎着冷眼与嘲笑

从没有放弃过心中的理想

……

是 Beyond 的《海阔天空》。

黄缊纶先生哼完歌，回头看了一眼，认出我，脸上露出一丝羞涩。我突然有些感动，要知道，一个年过半百的男人，你能在他脸上看到羞涩，这有多么难得。

"好靓的鸟！"我搭讪。那么说，因为港人爱鸟，离我俩站着处六公里远，就是香港鸟儿的天堂米埔，不知这鸟儿是不是打那里来。

黄缊纶先生看我一眼，看出我是真心夸鸟，明显心里受用，没有用冷脸对我。

"河边捡来的，翅膀受了伤。"他口气温和地用生硬的港普说。

"这样啊。"我想起克罗地亚布罗镇上那两只白鹳，玛莲娜和它的王子阿克，它们打 1993 年起共同生活了 17 年，玛莲娜也是翅膀受了伤。巧合的是，清水河大爆炸也是 1993 年。

"伤养好后它不肯离开，我俩暂时生活在一起。"他冲河里的鸟看了一眼,"Himantopus himantopus,黑翅长脚鹬。"

那天我顺理成章地进了黄缊纶先生家。陈旧的小三居收拾得干干净净,客厅不大,抢眼的是雕花红木佛龛,不像别的港人,乱糟糟供着黄大仙、天后、土地公和车公,他只供了杏眼圆瞪的关公,电子烛台,没有烟火。

我们坐下交谈。

黄缊纶先生小名记驰,阿爸为纪念阿驰取的。黄缊纶先生出生在"五月风暴"那年,那会儿到处罢工、游行,有身份不明的枪手在沙头角和港警发生枪战,造成五名港警殉职,随后,港府出动访港英军航空母舰直升机攻打"斗委会"北角据点,"斗委会"则以升级炸弹还击。有一天,阿爸接怀孕八个月的阿驰赶在宵禁前回家,俩人过北角时遇到爆炸,炸弹炸死了一对儿童姐弟。在躲避狂奔的人群时,阿驰被街边石墩磕破了头。阿爸生拉死拽把阿驰拖回家,阿驰迷迷糊糊问了一句,嚓呀?阿爸连声说,到咗,到咗!阿驰就晕眩过去了。当天晚上,邻居找来的助产婆替动了胎气的阿驰接生下未足月的黄缊纶先生,阿驰没挨到天亮就闭了眼。

黄缊纶先生印象里阿驰是笑着走的,笑得很忧伤,一点不像他喜欢的阿驰。我不信他的话,忧伤我能理解,可脑科学和拓智学研究表明,刚出生的婴儿只有瞬时记忆，他不可能记住阿驰走时的表情，但出于礼貌，我没反对。

黄缊纶先生回乡早，20世纪90年代初父亲去世后他就回来了。

黄缊纶先生的大太公是石匠，年少时被卖猪仔贩去香港盖中央裁判司署，以后留在香港，司徒拔道的禧庐、薄扶林道的港大和鲤鱼门英军军营，都有参加盖过。黄缊纶先生懂事后，父亲告诉他，他们是深圳河北岸蚊州岭黄氏，打高祖起离开家乡百多年，高祖的尸骨不知埋在哪片山岭上了，太公和阿爷的骨灰寄托在寿衣店里；他叮嘱儿子，自己年龄大了，等不到政府的骨灰龛，也不想把那把骨灰永无时日地寄托在寿衣店，自己百年后，儿子一定要设法送太公、阿爷和他回故乡。那会儿黄缊纶先生年纪小，好奇蚊州岭是什么样了，约了小伙伴跑到落马洲河边看，深圳河对岸有边防团把守，港府在一河之隔的丛林边修了座望乡台供逃港人窥拜故乡，黄缊纶先生隔着边境铁网，看到一片青青黄黄的寂寥土地，和一些在河网地带孤零零走动的乡人，多少为了无生机的家乡心生怵惶。

阿爸去世不久，黄缊纶先生下决心送先人遗骨回乡安葬。他回乡时，正赶上渔农村大兴土木，进行城市化改造，那会儿他才知道，80年代后村里年年办同乡会，吸引香港的族人回乡共叙乡情，每逢年节，不少离乡人都会返村祭祖，参加宗亲会结社活动，吃大盆菜，和乡人共商打拼天下的大事。村里人帮衬黄温纶做完孝子事，拿出宗谱算远亲辈分，说起来，黄氏是深圳史料记载中最古老的原住民，东晋时期就在这片土地上生活了，村里人因此怂恿黄缊纶为家乡的致富做贡献。黄缊纶那儿会刚读完硕士，手头没有资金，拗不过乡人纠缠，拿出阿爸的积蓄，和两位回乡港人一起投资了一家水产品加工厂，往元朗送蚝苗，往九龙送活蚝，往东南亚送蚝干。后来黄缊纶在香港创业成功，又回乡参与了福田口岸商业广场兴建，在口岸办了一家洗浴中心。村里人言之凿凿地说，入境港人第一个看见的是黄缊纶先生投资的水疗和港货小商品，会有一份安心，黄缊纶先生因此功不可没，应该恢复渔农村人身份，也就是那会儿，一位远亲移民新加坡，村里人就从中说合，房子作价卖给了黄缊纶。黄缊纶到底没有拿到双城身份，至于村里颁发给他的回乡创业明星奖是否算一种补偿，就没有人知道了。

黄缊纶先生和村里人讲话使用港式白话，和我说话用港普，说港普是国语。他能说纯正的英语，说那是世界语。不过，他懂得尊重人，只在和我交流出现隔阂时，才用英语向口音不标准的我施压。他从不和我讨论内地的事，理由是两地体制和法律不同。他从不在内地开车，不习惯内地的右驾，鱼唔同虾讲。只有说起港人,他的话才多起来,他毫不忌讳,他不喜欢香港豪门,也不喜欢双非学童和他们的家人。

"飞港人多八怪。"他扬着帅气脸认真地对我说。

我不同意他的观点。我喜欢逃港人倪匡、罗文、梁立人和刘梦熊,还有双非学童AP,但我没有把这话说出来。

为了缓和气氛,我提到史料中记载的南山黄氏,那个乾隆二十四年一掷千金买下长洲岛的广府黄家,还有说围头话,住六百年老宅子的围头黄家,话题转到深圳原住民。我告诉他,深圳原住民身家总额超过三万亿,相当于两个美团的总市值,有笑话说,别惹原住民生气,他们报复你的方式不是冲你吐唾沫,而是买下你的公司。我是暗示他,逃不逃港不重要,赶上大时代才重要。

话题最后扯到深港两地的潮汕帮上,黄缊纶先生明确表示不喜欢横冲直撞的潮汕人,他年轻时投资的几个深圳项目最后都被他们吃掉了,那些念叨三江出海一纸回乡的野蛮人喜欢说,世上本无深圳,他们来了才有了深圳。

"你知碌鸠,深圳唔系潮州佬呃秤呃出来嘅,系偷渡客带旺嘅。"① 黄缊纶用白话说出他的观点,口气纠结,听得出话中深藏着一丝复杂。

---

① 白话:胡说,深圳不是潮汕帮闯出来的,是逃港人逃出来的。

我们说话的工夫，那只黑翅长腿鹬迈着红色的细长腿一瘸一拐地在屋里走动，小家伙黑眼透亮，羽翅上泛着墨绿色金属光泽，绅士地走近黄缰纶，伸出又细又尖的喙，轻轻叼了叼他的衣襟，好像在提醒他，他们该出门散步了。黄缰纶先生配合地起身，说它明年深春要返回北方繁殖地，要多陪陪它。我也起身，心想这话怕也是暗示吧。

　　接下来一段时间，不知道是不是 AP 给我带来了运气，我在渔农村的工作有了些变化，村里的港人对我的防范开始松动，上门采集资料时，我遭遇软硬抵触的情况大大减少。渐渐地，我观察到，在渔农村生活的港人，他们既不像深圳人，也不像香港人，更像一些游离两地主流社会的亚社会人群。他们长期游离于香港之外，与快速变化的香港生活脱节，又刻意维护着港籍身份，主动对居住地陌生化，与居住地政府和原住族群保持着距离，抵制纳入社区管理，这使他们像温水中的青蛙，与所处社会和周边人群隔绝。这种迷恋自我围困的别扭做法，感情上我能理解，可理性上我知道，陌生化不会给任何人带来好处，就像对岸的香港，它在努力体现作为西方世界的一员，却丝毫不愿了解身后的同根兄弟深圳，就像我，试图努力拽住作为人类学者的最后机会，却在专业上越滑越远，隔阂生活不能帮助我们摆脱虚无的现实，渔农村港人、香港和我，我们都一样。

2020年大寒前,我在渔农村的工作结束了。离开渔农村前,我送给AP一套礼物,表达我对她的感谢。那是三本童书,谷川俊太郎的《噗噗噗》、五味太郎的《嗡嗡嗡》和罗伊·里奇特斯坦的《嘣》。我在它们当中藏了一本私货,《未开的脸与文明的脸》,它文字优美,记载了作者在印度、喜马拉雅地区、埃及和欧洲田野调查的所见所闻,作者是日本人类学家中根千枝,和我熟悉的另一位内地人类学家费孝通先生是校友,同为伦敦政治经济学院雷蒙德·弗思门下,前者提出了"纵式社会"学理论,后者提出了"差序格局"原理。我知道,AP还小,暂时看不懂这本书,但我运气差,没能做到周游世界,领略人类各种维度文明的差异,以此辨析不同社会的肌理和逻辑,我希望AP能做到。

工作交接完,有两天休假,除夕将至,我过境去香港办了点事,然后去沙田找港中大人类学系的雒老师请教。

雒老师有点吃惊我为什么选这个时机来,他告诉我,港大有位教授刚从内地返回香港,称内地发生了疫情,我应该抓紧时间做防疫准备,而不是到处跑。有一瞬间,我想到威廉·麦克尼尔的《瘟疫与人》,它记载了2600年前发生在雅典人和斯巴达人之前,以及500年前发生在西班牙人和阿兹特克人之间的瘟疫,但书中的内容和现实太遥远,再说,我不是来讨论传染病在人类历史中的魔鬼作用的,我就把自己在渔农村调查港人资讯的情况说给雒老师听了。

雒老师第二次惊讶,说香港社会话语体系中没有"居深港人"这个概念,也没有学者研究这项课题,他还是第一次听说渔农村港人的事。

我又补充了一些内容,表示渔农村的港人是一群边缘人,他们既不像阿拉斯加人、加里宁格勒人和卡宾达人,也不像纳希切万人、穆桑达姆人和费尔干纳人,完全从深港两地现代管理网格中消失掉了,这种情况非常奇怪。

雒老师想了想,提到九龙寨。他说的不是宋朝的那座兵营,也不是《展拓香港界址专条》签订后的那座砦城,而是20世纪中期到世纪末那座没有街道、黑暗、拥挤、堆满垃圾,具有传奇色彩、散发着别样魅力,五万人生活在其中的亚洲最大贫民窟,后来港英当局耗时1年,花费27亿港币,出动5000警力,扣押了万余人,才把350栋楼宇夷为平地。

我对九龙寨不熟悉,全部的经验就是从电影《城寨出来者》《三合会档案》和《追龙》中获得的黑暗美学体验,在那些体验里,它仿佛是一个充满魔力的乌托邦。但接下来的事情让我也吃惊了。我依稀想起,资料上,黄缊纶就出生在九龙寨。然后我又想起,九龙寨消失的1993年,正是清水河大爆炸那一年,也是白鹳阿克找到意中人玛莲娜那一年,这中间难道有什么神秘联系?我脑子莫名其妙转了个弯,心想,玛莲娜和阿克的事情让国家元首颁布了保护迁徙者的法令,渔农村的港人会引起人们的关注吗?

带着困惑我离开沙田,乘东铁线返回福田。回到家后,我鬼使神差地给黄缂纶的微信上留了言,说了雒老师对九龙寨的评价。过了一会儿他回复了我,说光明社会的前身是蒙昧、黑暗和绝望,九龙寨当年的居民没有魔幻感,他们始终没有放弃一切有助于维持生活秩序的努力,很早就成立了街坊委员会,创办了社区报纸,外人看着那个蜂巢般的城中城一团乱麻,其实有着兼收并容、自行运作发展的能力和内在规律。我们后来谈到他搬离九龙寨时的情况,他问我可不可视频,我说好。

"我家搬去公屋时,我哭着喊着不愿走,舍不得那些神气的古惑仔,手脚大方的贼佬,怪脾气的赌佬,长着神秘胡须的牙医,说不清楚为什么。"他在视频里沉默片刻,生疏地选择着港普词汇,"我总是跟在眼神迷离的北姑身后,看她们发呆,还有懒洋洋的凤姐,她们老是给我糖吃。他们没有身份,我家没有钱,是九龙寨收留了我们,做人总得讲良心,对不对?"

我从黄缂纶先生的话里听出些话外音,问他是不是觉得,渔农村缺了当年九龙寨的自理和自融文化,习惯自由生活的港人失去了存在感,所以才以虚无的方式自我陌生化？黄温纶没有回答我的问题，说小家伙要去外面散步，不能长聊，我们就收了线。

冲了凉，我在灯下读黄现璠的《黔桂边民社会组织的民主政治》。黄先生的弟子张寿祺先生教过我师公，不严谨的话，黄先生算我的祖师爷。那样翻了几页，发现自己什么也没读进去，思绪还停在九龙寨上。当年逃港者救赎地的九龙寨飞地，和紧挨口岸的回流港人藏匿地渔农村，它们同是社会无力解决的结构性暗面，如雒老师说，城市文明的逻辑解决不了贫民窟问题，作为城市文明的标杆式存在，香港集聚了全球第四多的富豪，也聚集了超过两成的贫困人群，在主流资讯中，贫民窟里的人们早就消失掉，他认为重构渔农村港人与香港主流社会之间的联系不可能实现。

"高度融合只能以同化为基础，这种说法使人心存疑虑，"雒老师说，"而身份的焦虑和迷茫来自现实生活压力，谁会接受毫无财富希望的财富文明呢？社会学意义上的九龙寨心理就是这么建立起来的。"

我学术水平浅，无法和雒老师讨论城市文明逆逻辑问题，但我想，如果社会没有太多的阴谋和灾难，正常资讯环境里，多数人其实不需要太多消息，人们完全可以凭借正常生活做出判断和取舍，消失在社会管理网格中相反是幸运。但反过来就不同了，当现实触及的深度超过了可观察行为时，社会共享目径不再，人们慢慢会像鼹鼠一样，承认自己是瞎子，出于安全感与周遭社会隔绝，用完全不同于主流社会的思维和道德来塑造自己，用完全不同于主流社会的语言和行为来诠释自己的生活，最终形成一个个用栅栏和营垒牢牢筑起的砦城。

再次见到 AP 是两年后的事情。

因为在渔农村工作中表现出色，我被工作组推荐到史志办，做了一名史志研究人员，算是回到人类学专业了。这两年，我按锥教授给出的指点，潜心钻研香港社会心理学家郭任远和中国现代社会心理学家汪敬熙的著作，打算疫情松一点，就开始做沿深圳河边缘人群的田野调查工作。

那天趁着前一拨疫情过去，史志办拖了八个月的"美丽深圳"史志展在少儿图书馆开幕，我给学生们做讲解，在人群中见到了 AP 和她妈妈。母女俩口罩戴得严严实实，站在人群最后面，我还是一眼认出了她俩。大概觉得她们是在蹭内地学童的课，做妈妈的显得有点不好意思。

两年没见，AP 长高了，感觉上有了些变化，一时又说不出变化在哪儿。我送走一批学生，AP 安静地过来和我打招呼，说资讯录入时，她只告诉了我她的英文名和昵称，现在她想告诉我她的中文名字，她中文名叫若萱，水瓶座，脚踝特别灵敏，幸运花是风信子。

AP 和我说话的工夫，当妈妈的跟过来了。疫情期间两地封关，在深港宝过不了口岸，在家上了四个学期网课，不少家庭把孩子转学回了内地，加入拼抢优质教育资源的大军，这些事情我听说过一些，等AP黏在学生们身后跟去下一个展厅时，我就关心地问AP的情况。AP妈妈说，AP爸爸要挣钱养家，供AP读书，前年2月份特别行政区关闭罗湖、落马洲和皇岗口岸时，他就留在那边，两年没再回来过。夫妻俩在视频里商量，香港中学是一贯制教育，没有升学困扰，DSE既能在香港升学，也能在海外拿到优势，反倒是深圳中考升学率低，港宝又不能在内地参加高考，他们不考虑让AP转学深圳。不过，AP读五年级了，在家上了两年网课，长期缺乏群体生活，原先建立起的学习习惯大幅度缩水，性格也开始内向，整天不说两句话，还养成玩电玩的恶习，视力也受到影响，已经做过矫正了。再说，现在经济情况这么不好，光说坚持没有用，家里得想办法挣钱，她准备复工出去找份工作，不能长期在家监管孩子，他们也很急。

"是啊，学童期，成长支援缺一天损一天。"我这才意识到AP的安静意味着什么，点头表示理解。

"AP爸爸在那边提前申请了寄宿生学位，准备趁这两天疫情稍松点，把孩子送过去，坚持一年，熬到毕业，在香港读完中学，不回内地了。"AP妈妈说一口江南话，态度像大潮时的钱塘江一样坚定，但很快又张皇了,"可回港易名额太少,深圳湾口岸每天只三千,港珠澳大桥只两千,不行的话,只能花钱找黄牛了。"

我能体谅AP妈妈的担忧,一家人,两地居民,双城生活,双重身份负担,压力别人理解不了,但我什么忙也帮不上。

这两年我和黄缊纶先生没有联系过,关系密切起来是最近的事。这几年,港人比之前沉默了许多,加上疫情封关,我没有再去香港,和雒老师通过几次邮件,以后也断了联系。那天我接到黄缊纶先生从香港打来的电话,他因参加特区第六任行政长官投票,顺便回港办点事,现在想返回渔农村,按规定,过境后要在健康驿站集中隔离十四天,要拿隔离酒店的入住预约纸,名额限制排不上号,他给黄牛掏了一万六,结果等了两个月票仍然没有拿到号,据说回内地的航班也要排三个月的队,他请我想想办法,帮他在健康驿站弄个隔离房。

我问了情况,这才知道,黄缊纶先生是特别行政区工商届别选举委员会委员,去年9月份也回过港,参加届别分组一般选举投票,返回时不顺利,拿到过关纸后在关口盘桓了十几个小时,过关后又经历了"十四加七"隔离,没想到,他这位选举委员和没有港人身份的AP父母一样,也只能求黄牛。

放下电话我立刻打听,知道疫情期间大量港人过关投亲靠友,渔农村六个住宅区爆满,有的家里竟然住了两三家人。在港人的记忆里，这种情况还只有20世纪逃港那些年发生过，不过地点是在香港。可没过多久，内地疫情也严重了，福田几次封村封街，春天的时候，整座城市都静默了，滞深港人受不了严格管制，又无法离开，我的前同事们工作更难做了。

我给几乎所有有点关系的人打电话，问能不能搞到隔离房，只要在健康驿站名下，五星级酒店也行，得到的答复都是爱莫能助。我只能给黄温纶回电话，告诉他实在想不到办法，不过他别急，下周日口岸入境就采用实名制摇号分配名额了，他不用再去花钱讨好黄牛，一门心思凭运气摇号就好。我那么说，心里毕竟有愧疚，放下电话后，专门找朋友弄了些捐赠物资，跑了趟渔农村，拜托社工小汤转交黄先生，又做了预约，等黄先生回到家，社区应有的服务都跟上。

一个月后，农历七夕前一天，我接到黄缊纶先生的留言，他邀请我和太太明天爬梧桐山赏风景，就知道他回渔农村了。我没有成家，也没有女友，心里残存着未来的妻子在某个田野中等着我的念头，但我愿意接受这样的邀请，只是心里嘀咕，以黄先生的年龄，上梧桐山赏风景怕是个说法，不过是去梧桐步道散散步而已。

第二天早上，我和黄缊纶先生在梧桐山公园北门见了面。他穿一套质感十足的拉夫劳伦运动休闲装，同款运动鞋，光着手。我发窘地把登山手杖让给他。他笑着拒绝了。不过还好,我俩都按规矩戴了口罩,这一点我们一样。

我们花了六个小时,沿着柏油步道爬到好汉坡,再从凤鸣径登上大梧桐。我去自动售货机买了两瓶脉动,递一瓶给坐在那里揉腿的黄缊纶先生。我问黄先生,他回港时,那只黑翅长脚鹬怎么样了。他说去年返港前交给野生动物保护管理处了,小家伙很愤怒,觉得被出卖了,看样子会有一段难熬的日子。

时间已过未时,山脚下的罗湖、福田和稍远处的新界、九龙历历在目。接下来,黄缊纶先生给我讲了他的事。

"九七"回归时,黄缊纶三十岁,正当而立,公司办得勃勃生机,儿子三岁,太太在英国读景园设计刚回港,那会儿夫妇俩讨论的主要话题是太太往SWECOFFNS或者WinWin投简历,还是接着生两个、三仔养进幼稚园,再回社会工作。黄缊纶的理想是把公司做大,儿子在皇仁书院发蒙,那家书院出了廖仲恺、唐绍仪、王宠惠、律敦治、霍英东、何东、何鸿燊和曾荫权。黄缊纶念念不忘的是皇仁书院的另一位校友,他曾经说过"我的思想发源地"的话,对,就是孙文先生。

可是,太太看着身边的人纷纷移民,不要造人了,也闹着回英国投奔亲戚。黄缊纶不是大佬,不懂得离开,但拗不过太太成天和他理论,替太太和儿子办了

BN（O）护照。送走太太和儿子后，他在皇后大道买下一套九百多尺的抛荒房，算是沾了"九七"恐慌和萧条的光，但他一个人，闲得慌，没去住。

接下来的十年，他一个人在香港打拼，隔三岔五飞去美国看看太太和儿子，回港后，隔着千里万里和太太儿子通话，互诉衷情。太太抱怨说，他再不过去，她的肚子就干了，想生也没得生。黄缊纶不懂自己是怎么了，想走，又不甘心走，要苦苦缠住香港。收工后，他常常去皇仁书院附近的维多利亚公园散步，想自己把大太公、太公和阿爸送回深圳河对岸，又把太太和儿子送去英伦三岛，再往前，阿驰在生下他几小时后离开；他在移民潮、黄金十年、大清律例废止中长大，又在"九七"风暴中迎风摇晃，他是不是香港的弃儿？

这样摇摆了十年，黄缊纶最终下决心关掉公司，去英国和妻儿团聚。他四十岁，太太三十五，毕竟两座岛的图腾同是狮子，都讲狮子精神，他们还能生，还能折腾。

但他没能走成。

2008年，全球经济危机到来，在东南亚制造出一片金融废墟的索罗斯把香港当成最后的提款机，带领一众国际炒家对恒生指数狂轰滥炸，不到一个月，香港股市从15200点跌到8800点，虽说港府出台了金管七条和三十条，与金融空军们生死抗衡，可金融监管和对冲基金信贷的紧缩也让黄缊纶筹不到救急的头寸，最终，他还是成了无数"韭菜"中的一根，公司倒闭，他辛苦打拼了二十年的积蓄销蚀一空……

太阳正在向蛇口方向落下去，很奇怪，我的思绪不在黄先生的经历上，我甚至没有问，金融危机过去了14年，他怎么还待在香港，不去英国和妻儿团聚？他不是拥有狮子精神吗？那可是代表着自信、勇气、全力以赴、自强不息和敢于放弃，他要带着它们去英国休养生息，现在恐怕已经是三个孩子的父亲了吧？我想的是，黄先生的小名"记驰"，如今肯定没有人来叫了。我还想，深圳香港本是一地，兜兜转转分开一百八十年，一家人混成两地人，后来两地间终于开放，建了公路、水路、铁路和航空口岸15个，每天出入境60多万人，4万辆车，眼见着不陌生了，突然地，口岸只留下一个，两地仍是彼此的陌生人。

一家人找回来不容易，不能总陌生下去吧？我想。

口岸建起来不容易，不能建了又封掉，再难也得打开吧？我想。

我正东一下西一下胡乱想着，看见黄缊纶先生站起来，人冲着香港方向站直，从脸上拉下口罩，运了运气，大声唱起歌，是扯着喉咙那种：

原谅我这一生不羁放纵爱自由

也怕有一天会跌倒

背弃了理想，谁人都可以

哪怕有一天只你共我

……

我听出来了，还是它，Beyond那首《海阔天空》。

他唱到"有一天只你共我"那句时，我站起来，转身离开山顶，顺着来路往山下走去。不是因为他摘了口罩而回避，我是觉得太阳落下去了，该下山了。我觉得也许我可以在梧桐步道的路灯下等他，也许不用等。

我没回头，依稀听见身后声嘶力竭的歌声变成号啕大哭，但或许是口罩遮掩的原因，我听错了。

2022年7月19日

于深圳猜湾轩

深圳自然
博物百科

一

知道晨曦死讯那一刻，行洛水在中心书城闲逛。是12月12日，疫情管控解除第二天。

清晨，羞涩的阳光蹭入客厅，行洛水在斯美塔那《我的祖国》音乐中打坐。他提气，阖上眼，在想象中探出一只脚，然后是另一只，小心翼翼走出维谢赫拉德城堡，将两脚浸入沃尔塔瓦河，滑入长笛的清凉水流和单簧管的温暖水流交汇处……然后，他被楼上孩子的哭闹声惊醒了。那个被父母剃了桃心发型的萌娃生于病毒时代，刚满三岁，肯定不知道汇入易北河对行洛水是多么重要的一件事，不知道长眠在布拉尼克山中的胡斯党人随时都可能醒来，他们是革命者，不喜欢任性的哭声。萌娃从疲惫而麻木的大人那里得知，今天不用去核酸采样点了，可爱的游乐场被拆除了。萌娃被那个消息吓得惊恐万状，立刻变成失去阴暗石穴的大鲵，哭得惊天动地。他跺着地板朝大人喊叫，我要去做核酸！我要去做核酸！

行洛水想了想每天傍晚掩住面目在长长的队列中慢慢挪步接受浓烈的环氧乙烷气味咽鼻拭子的取样日子之后，换下练功服，戴上口罩出了门，门在他身后关上时发出询问的声音。他没回头——他没有征求晨曦的意见,虽然晨曦就在不远处的露台上静静伫立着。

街上行人不多,人们还没有从匿藏的日子中完全解冻,空气中有一种创世纪的气味,或者末日。行洛水与偶尔一两个步履惊徨的路人擦肩而过,被对方警觉的目光扫得脸上发疼。他觉得脚下踩着一片废墟,怀疑疼痛消失后,某种废墟生活会不会长期存在。

"晨曦,你出生那会儿我在哪儿?"三年前,也就是去法国参加阿维尼翁戏剧节那次,9710公里的遥远距离使行洛水恐慌,他陷入对晨曦的深深思恋。那会儿他俩刚认识,他问晨曦,"还有,有没有一种力量能把人们彻底切割开,让他们在深深的孤独和恐惧中永远不能合体?"他问。

行洛水总爱问晨曦一些问题。"我们怎么才能确定身体和心灵是存在的?"和德勒之井剧院合作那次,他编舞时失去了灵感,因此失去了合同,他苦恼地问晨曦,"身体和心灵并不总在一起,它们不会在同一时间磨损掉,对吗?"

晨曦当然没有回答。这不能怪晨曦。通常情况下,行洛水不开口说话,27年来他习惯了用肢体语言表达一切,比如眼神。他和晨曦的交流都是在心里说出来的,晨曦听不见。实际上,就算行洛水努力开口说出那些纠缠他的问题,晨曦也未必能够回答,那些问题太难回答。

电话是保洁工打来的，她惊慌失色的口气隔着送话器传来，显得极不真实。行洛水无法接受晨曦的死。疫情三年，一千多天时光停滞的白天和难以入眠的夜晚，他俩执手相处，谁也没有辜负过对方。如今他俩分开不过一小时，却是永世诀别。

那一刻，行洛水不太明白自己为何站在一堆浮夸的图书当中。它们参与了所有不由分说的生活建构和命运塑造，自己却被限制在一格格书架中，形同身陷圜土。他有一种强烈的冲动，想要报复眼前的世界，毁掉视野内一切公然的谎言，比如那些虚张声势的图片和文字。他随手从展台上拿起一本散发着油墨气味的厚重的书，海报上介绍它有90万字、3500多幅图片、300多个音频和视频文件，那是他目力所及处体量最大的大部头，大到符合他要报复的动机。他举着那部厚厚的书，喝醉了酒似的在原地转了两圈，找回断裂掉的方向感，阴郁地走向收银台。那里有两位面无人色的年轻N95，在接待社会重新开放后的第一批顾客。

这就是行洛水与《深圳自然博物百科》遭遇的全过程。

二

行洛水是一位现代舞的舞者。

他出生于神秘的湘西凤凰古城。妊娠38周的母亲在沱江边欢天喜地地捉六角龙鱼，裹着胞衣的他出现在一副萌娃脸的六角龙鱼身边，他俩顺着清凉的江水冲出很远，吓傻了的母亲才回过神来，跌跌撞撞地冲进江中，把他和六角龙鱼一起捞起来。

他三岁开口说出第一个汉语单词，话少到几乎为零，四岁被怀疑患有言语交流能力障碍。父母带他到处求医，得到的答复是，孩子没有失语和构音障碍问题，只是缺乏对语言和语言方式的信任，建议加强口语训练，最好学习一门艺术或者体育项目。

他最终没有解决开口问题，因此没有成为外交官、主持人、导游和销售员。27岁的他在23年的时光中做着一件事，抵抗类似芬太尼和卡因类麻醉剂，从连续性平衡、移转和延展中找到身体打开的方式，在一连串收束与延展和跌落与复原中将身体的欲望、痛苦和挣扎表现出来，而不是依赖语言。他总是试图完成从未尝试过的身体呼吸和搭建方式，它们依赖于他的叛逆念头，更多时候依赖他的绝望。他远离语言的时候，身体开始生长出灵魂——天使和恶魔。它们不光是他的，他以为的，能把握的。那之前他不曾遭遇过它们。每次舞蹈，他的身体中就会生长出一个或几个灵魂，经历一次从未有过的生命体验。每次登台前他都在心里问自己，这一次，我是谁？为谁舞？

三年前,他带着舞蹈《99》和《湾区》从 Dance World 分区赛一直跳到巴西决赛。没想到,Dance World Cup 总决赛桂冠伴随着 Corona Virus Disease 2019 一起到来。他在掌声中走到舞台当中,戴上骄傲的桂冠,却顷刻间失去了舞台。

在焦急地等待了半年开馆通告后,他退出全国最好的舞蹈团,问题就出在这个时候。他发现他的身体无法以任何一种方式完成自由呼吸和搭建,它和世界产生了冲突,它们不再兼容。开始他以为是舞台的原因。它太小,不能承载他已经打开并正在快速裂变的身体,他需要一个更大的舞台。他卸载了手机监控,逃离黑夜中的城市,跌跌撞撞潜入一片辽阔的草原。情况并没有好多少。他在那里就像一团干涸而愚蠢的风滚草,在快速萎缩掉,成为一具灵魂无所依附的空壳。接下来他去了沙漠和大海。他陷进黄沙,坠入海涛,他被那些难以琢磨的灵魂抛弃了。

"我们能够走出丛林吗,能够重新生长吗,晨曦?我们闭着眼相信,或者没日没夜地歌唱,可以吗?"返回禁足地后某一天,行洛水在心里干巴巴地央求晨曦,"给我说说发芽、生根、长枝、开花和结果吧,晨曦,说说你的生命。"

晨曦没有理睬行洛水。晨曦在整个管控期间是阴郁的,终日沉默,了无光彩,之前给人留下的印象可是迷人的灿烂。不知道晨曦怎么想，行洛水知道，在天使和魔鬼同时消失后，自己身处一间冷酷的锻打车间，风干的肢体在无法遏止的恐惧中接受窒息的重塑，脾气变得阴冷、不可捉摸和随时发作。那是晨曦讨厌的。他也极度讨厌。

有时候，他俩会在露台上安静地伫立，看或不看满天星光。通常他们不开口说话。这是他们的默契。他们只能依赖一件事，熬过冰河期，等待阳光重新照耀大地，灵魂归来。

三

行洛水再度注意到那部书，是在晨曦去世一个月后。人们终于缓过神来，走出户外，《深圳自然博物百科》的作者也一样，他从隐身的丛林中出现，在图书馆做演讲，那是他恢复"穿城而过"讲座的第一期。晨曦离开后，行洛水决定暂时放弃舞台，去国外读书，收拾行李时他无意间收看了讲座直播。书的作者叫南兆旭，高个头，长着一副植物和动物不会设防的连腮胡，一头玉米须似的花白头发，海岸峭壁石般的鼻梁上架着一副需要设法回到20世纪才能找到的玳瑁框眼镜，这不但暴露了他诡异的出生年代和负重涉远的经历，也连带出行洛水对漫长时间这个隐喻的隐痛。

南作者在演讲台上走动着,向台下听众讲解昆虫的羽化过程。他伸出一只手指。左手食指。那里有一只难看到让人心灰意懒的蝉的若虫。随着他的讲解,若虫外壳自头胸处裂开,晶莹的新蝉一点点从裂缝中挣出,颤颤巍巍抻开翠绿色薄翼,然后,它摇晃地在他的手指上站起来,发出轮回生命中的第N次鸣叫。听众们一片惊呼。南作者好脾气地伸手向另一边的观众,示意他们耐心,在走向他们的同时他微笑地给他们讲了一个恋爱中少女的故事。"喓喓草虫,趯趯阜螽。未见君子,忧心忡忡。亦既见止,亦既觏止,我心则降。"他手上出现了另一个漂亮的小家伙。左手食指。他把它举给人们看,告诉他们,那是一只垂须奥蟋,深圳最美丽的鸣虫仙子。他向听众保证,美丽仙子并不羞涩,会向配偶表达爱情。他眯着眼睛,半仰着脑袋,试着学垂须奥蟋表白的鸣叫。人们愣了一下,开怀地哈哈大笑起来——从他嘴里发出的可不是什么蟋蟀的鸣叫,而是求偶的牛背鹭响亮的鸣叫。

行洛水说不清楚自己被南作者的什么深深吸引住。那个在自然界行踪无常的家伙就像行洛水家乡披着岚色外套悄声潜行的蛊师,他带着魔力的左手食指和暖风徐徐的故事让行洛水中了毒。行洛水定格了视频,仔细辨别南作者的连腮胡和头发,他固执地认为一定有更多的昆虫或鸟类匿藏在那里面。

很庆幸，那部洋洋洒洒的巨著没有被行洛水烧掉、撕毁或者埋葬进湿地中。也许他提着装在纸袋里沉甸甸的它走出书城来到阳光下之后心情好了一些，谁知道呢。他把那本丢在一堆待处理垃圾中的书找出来，回到沙发上，在阳光下翻开厚厚的书。他很快放弃了读完它的试图。"地理、气候与历史""生物多样性""生态系""自然保护地、基本生态、控制线与微型自然保护点""826步道与自然步道""哺乳动物、两栖爬行动物与淡水鱼""鸟类""昆虫、蜘蛛与其他无脊椎动物""植物与真菌""沿海的生命"……相比起循规蹈矩的文字，他对蜕变的蝉、轮回的蟋和彰显响亮求偶意图的牛背鹭有着更强烈的好奇，没有耐心读完它。

行洛水给图书馆读者咨询号留了言，希望获取南作者的联系方式。这一次他没有问晨曦。他已经没有这个机会了。

等了三天，行洛水没有得到图书馆和南作者方面的任何回复。看来他们遇到过不止一个像他一样对世界充满困惑的读者，而他连读者都不算。

那以后，他做了一件事——在连续三年被电子镣铐铐在一目了然日子中闭门不出之后，他决定寻求自然之地的庇护。

他选择了深港边界无人区。他找不到更合适的地方埋葬晨曦。

四

这是一片人迹罕见的原始谷地,空气似乎凝固在 20 世纪 50 年代初,甚至能嗅到更早时期英军第 7 拉吉普兵团第 5 营和第 14 旁遮普兵团第 2 营印度士兵雄性十足的胡须味。进入谷地不久,行洛水的肺部就灌满了那样的空气。

天空朗澈,一群通体蓝黑的鸦鹃亮出覆羽下的红色绒毛从行洛水头顶飞过,戏谑地躲避着一只在高空悬滞寻猎的大翅乌雕。四周传来星星点点雄鹧鸪的诱惑鸣叫,在满眼浓翠的丛林间,行洛水感觉自己在一点点变小。他当然不是身边飞舞着的美冠尺蛾和脚下劳作着的黄猄蚁,但对丛林来说,他完全可以被忽略。

他紧了紧背后的行囊,那里安静地躺着晨曦。

丛林中没有路,他需要不时地停下来,选择并做出判断,是滑下一道藤蔓张肆的陡坡,还是绕过一片气势汹汹的樟树继续前行。他有点好奇,在签订《展拓香港界址专条》前,清政府的王存善补道和英国的洛克布政司当年是怎么走进来的。那些用箭镞凿出"华界""英界"字样埋进赤红土壤里的界桩早已不知去向,他必须小心翼翼寻找下脚处,一点点朝看上去不太远的山谷前进。

行洛水看见一只背着银灰色棘刺的豪猪，它沙沙响动地摇晃着大尾巴，从灌木丛中探出脑袋，发现他后立刻缩回脑袋消失掉。不知为什么，行洛水觉得它那张严肃而固执的脸很像鲁国陬邑人孔丘，人家可是地球人知道的第一位华夏人。

下到一段陡坡时，一只臀肌发达的赤麂弹簧似的从灌木中跳出来，擦过行洛水身边，响动巨大地隐入另一片灌木丛中。它跃起的一刹扭过脑袋和行洛水目光相接，它匆忙的样子像极了中世纪乘着马车往来于欧洲各大城堡，把《大学》《中庸》《论语》赠送给路易十四王和詹姆斯二世的江宁府人沈福宗。

很快，行洛水又遇到一只幼年的大尾巴长嘴食蟹獴。看见他，小东西嗓子眼里发出警告的咝咝声，好像它经历过整个恒星时代，见过太多世面，可以原谅莽撞和无知，但不喜欢人们看它时那副蠢萌相。问题是，它相貌显得太老，一点也不像宝仔，说它是1125号小行星"中华"也没人不信。行洛水想起齐国人甘德和魏国人石申，不知道他俩的魂魄是否隐藏在这片原始丛林中。

行洛水用了两个多小时下到谷底，进入丛林腹地，这会儿工夫他早已汗流浃背。他穿过一片高大的土沉香林，茂密的金毛狗蕨和苏铁蕨不断拍打着他的脸，让他有些不习惯。好在这种事很快就结束了。他钻出密林，现在他找到了他想要找的地方。

那是一片石崖,潮湿的崖面上生长着一大片黄绿色的墨兰,蓬勃的根茎旁守着几只长着武士相貌的癞象。两条来自不同方向的溪流环绕着石崖,清冽的溪水中游动着身材迷人的唐鱼,巨腹蟹在水底缓慢爬动,岸边的河石上蹲着一个花龟家族,大约四五只,鼓着眼睛晒着背壳,不远的另一块河石上卧着一只巨大的虎纹蛙,一下一下鼓着气囊瞪着它们。

行洛水环视了一下四周,捯了一口气,卸下背上的行囊,小心地把行囊放在一株高大而孤独的南洋楹下。

五

行洛水忙碌了差不多一个时辰,用带来的野外铲在石崖下挖出一个整齐的墓穴。他干活的时候,一只警觉的乌脚狸蹲在南洋楹上向下观望,一条色彩斑斓的石龙子从树上掉落下来,霸道地爬到他的工作铲下,他不得不停下来,嘀咕着把它和一些原始泥土一块儿挪走。

阳光明媚,林间空气宜人,行洛水不总在忙碌,有时候他会停下来喝几口带来的瓶水,在墓穴旁坐一会儿,听附近林间的鸟儿和昆虫争闹嬉戏。

"晨曦,我们能不能再说会儿话?"他在心里说。

要告别了,总该说点什么。行洛水知道,这是一个忘却之年，2023年是用来忘记2022年的，无论之前发生过什么，人们都会忘记它们。空气中有一股无聊气息，说不清那是丛林的担忧还是阴谋。之前他不是没有遭遇过，他忘掉了他出生时的情景，还有那只六角龙鱼。

他那么想过，并没有等来晨曦的回答，林间只有欢快的鸟啼声和偶尔被什么激发出的溪流声。他起身走回墓穴旁，操起工作铲，准备继续工作。墓穴差不多挖好了，只需要打整一下穴壁就可以了，剩下的就是把泥土重新填回原位。但也不一定。他感到身上的水分在快速加重，他投在地上的影子越来越大，越来越黑，很快灌满墓穴，而且还在继续膨胀。什么地方落下一颗水珠，风带来的，有点不知轻重地砸在他脸上。他抬头看天。不知什么时候天空黑了大半，南洋楹上的那只乌脚狸已经消失掉，身边的丛林开始摇晃，溪流飞快地变成了黑色巨蟒。

"别紧张，晨曦，别紧张。"他放下工作铲，把南洋楹下的行囊抓过来放在脚边。他确定昨天看过天气预报，连续一周都是晴天，再说，春天还没到，夏天离着整整一季，热带风暴的精虫还在马绍尔海面打着瞌睡，受孕的日子早着呐，"不过是过路风，它拿我们没办法……"

话未落音，他就看见那只消失掉的大眼睛乌脚狸凭空飚起，浑身的毛像一根根钉子乍立，淡绿色的目光充满了恐惧，身体拉得长长地从他眼前划过。然后是他自己。他被一股巨大的力量抛起，在空中甩出一段距离，重重砸回地面。幸亏他摔在一丛罗汉松中，不然连五脏六腑都会摔出来。但他还是受了伤，右脸被松枝划出几道血痕，上衣完全剥落，不知去了何处，只剩下右边的袖子套在手腕上，像个没带齐全护套的冰球守门员。

他爬起来的第一件事就是向晨曦奔去，连同行囊紧紧抱在怀里。

是的，他是先有了身体失重，被抛上空中，摔回地面后才听见风声。是飓风，几乎没有任何预示。天空坍塌下来，低到压住头顶，飓风横冲直撞，谷地里发出恐怖的撕裂声，植物被飓风压向一边，连摇曳和颤抖都做不到。风一阵紧似一阵，每一阵到来都是直接拽住山谷剧烈地摇晃，他的身体被吹得完全变了形，他第一次知道大地不牢固，是活动的。

然后是雨。大概某个地方的平流层出了问题，造成冷热气流颠倒，雨完全不成形状，不是雨点和雨珠，而是瀑布，打在脸上生疼。有时候雨会喘口气，变成紧凑绵密的雨帘，那也好不了多少，他在第一阵暴雨中就湿透了，而且他无法在瓢泼大雨中自由呼吸。

他努力抱住一棵急促倾倒水的篦齿苏铁树，不至于被狂风再度卷起。这得怪他自己，为了让身体适应任何角度的打开和折叠，他已经瘦到和那些纷纷倒闭的公司清盘报表一样薄的程度。他确定自己大致固定好了。现在他明白了一件事，他遇到大麻烦了。

在盘算接下来应当怎么应对眼前的麻烦时，他听到一些声音。不是风雨声，不是植被、溪流、坍塌泥石和动物们发出的求助声。不很清晰，但它们在。之所以说"一些"，是声音不止一种，而是几种，可能更多，它们和风雨声混淆在一起。那些声音像是从一个亘古的岩洞里传出来，所以风雨声再大也不能把它们吞噬掉。

它们再度灌入他的耳朵。现在能听清了。是人声。这完全不可能，这一带几十年没有人来过，可他确实听到了。先是一个奇怪的口音，是个男人的，它穿过风雨隐隐约约传来，如果他懂得语言学，就会知道那是西晋时期的江夏方言，使用这个语言的人生活在距今一千七百年前，没错，只有幻觉才会产生这样的效果。那个男人在一片野狼的嚎叫声中号啕大哭，述说着对父母深深的思念，几个操金陵雅音的人在一旁劝慰他，他们叫他展公，劝他喝一碗粥，不然他会饿死……

行洛水有些意外，觉得不可思议。他从嘴里吐出两片树叶，感到嘴里残留着某种昆虫的滋味，无法确定它们属于威风凛凛的蚂蚁战士还是行踪叵测的蜘蛛杀手。现在他有点后悔了。他对野外生存技能几乎一无所知。他该带上那本书，也许它会告诉他这个时候应该做点什么,而现在他只能试图辨别那些人声,知道它们来自哪个方向,以便向他们呼救。

一阵风雨过后,哭声消失掉,野狼嚎叫换成了火炮轰鸣。一个操着明代南头话的男人惊慌地叫道,"按察使大人……佛郎机人上来了……"然后一个操着官话的男人声嘶力竭地下令,"犯屯门者……战杀之不息……"

风雨轰鸣着。也许是火炮声。行洛水无法确定自己听到了什么,也分不清接下来那些人为何喊叫,他们当中为何会出现克里奥尔语。他试图离开那里,但立刻放弃了。风雨大到他根本睁不开眼,松不了手,让人怀疑半个太平洋都在头顶,他只能努力抗拒着大地震动,保护自己不至于丧失掉知觉。

他听见一些人在喊一个人的名字。他听出来了,他们在喊,"陈仙姑""陈仙姑"。他一时想不起来自己是不是认识一个叫陈仙姑的人。他好像知道一点,经纪人曾经给他提过妈祖文化,说服他在编舞中用那个做噱头,以便在南方剧场里多卖出一些票。他还没来得及分辨那些人的声音,另外两个男人的声音被一阵风雨挤进来:

"东经十四度三十分,过大鹏湾潮水涨界处起,沿潮水线至沙头角西止……沙头角西绕沙头角北,小路为界……沙头角到径口,小河中为界……径口到径肚,山道为界……布政司大人,您看怎么样……"一个吴方言口音男子用清朝官话说。

"Lord Wang, Hong Kong Anglo-Singapore Concession Agreement can be signed……"另一个带着浓重纽卡斯尔地方口音的男人说。

没等他听出究竟,两个男人的声音就被风雨淹没。趁风雨小一点,他费了点力气,从篦齿苏铁树上撅下一片树叶,用它遮挡住脸,探头看外面发生了什么。这当然不可能,外面一片白茫茫,根本分辨不出任何东西。他被猛烈的雨水呛得咳嗽不已,无奈地丢掉被狂风撕成拂尘的树叶,躬起腰把脸藏回坚硬的树干后面。现在他听见另外一些声音,听上去仍然是两个男人,但不再是前两个。

"剑起灭匈奴,同申九世仇……汉人连处立,即日复神州……"一个男子操着客家口音喊叫着,很难推测他遇到了什么。

"有志之士,多起救国之思,革命风尘自此萌芽矣……"另一个操着香山口音的男子激动地接话,那缠绕在磁粉钢丝线圈中的口音,让人觉得好像在什么地方听到过。

没等他分辨清楚,另一个人的声音很快加入进来。这回是个女人。"如果你敢签字,我这支枪不会放过你……"女人压低嗓门说,嗓音里带着浓浓的南京官话味和爽朗高昂的法语语音,"令中央政府还女子参政权……"

猛烈的风雨很快截断了女人的声音,另一个说客家话的男人声音斯文地插入进来。"振兴林业为中国今日之急务……集合同志,共谋中国森林学术及事业发达……"男人的声音突然变得苍老,"崇高惟博爱,本天地立心,无间东西,沟通学术;基础在育才,当海山胜境,有怀胞与,陶铸人群……"

风雨大作,强烈的噪声让行洛水听不清那些声音接下来说了些什么。那个过程中他并没有闲下来,除了照顾行囊中的晨曦,保证自己不被强劲的风再度卷上天空,他还做了一次拯救性工作,帮助一只被风雨钉在树上的猕猴安全退回地面。多年来的腰腿部锻炼帮了他的忙,不过他并没有讨上好,他被那只猕猴用爪子狠狠打了一下。

"空谈误国……实干兴邦……"他听见一个操着大鹏军语的男人在风雨声中不耐烦地大声说,"不允许在蛇口发生以言治罪的事情……向前走,不回头……"

"这是我们的政策有问题……"风雨交加中,一个上了年纪的男人操着广安话武断地说,"没有一点闯的精神,没有一点冒的精神,没有一股气呀,劲呀,就走不出一条好路,走不出一条新路……"

行洛水赤裸的上身被雨刷打得生痛,眼睛无法睁开,越来越剧烈的风雨压得他喘不过气。他被限制在篦齿苏铁树下不能动弹,绝望极了。此时,他像被谁用力撞了一下，突然明白了一件事，为什么他在草原、沙漠和大海中像干涸而愚蠢的躯壳，因为那不过是一次矫情的造访，而非生活在其中。他被限制在风雨无度的时空里，想问那些声音它们是谁，它们在哪儿。他张开嘴，却怎么都说不出想说的话。他愤怒极了，想把积攒在构音器官后面27年的荒唐吐出来，让这个世界知道。它们应当在日后的生活中留下一些，让他不至于失去警惕，但不准备全部留下，可他一个字也说不出来。

啊啊啊——愤怒的他向天空大声喊叫起来，顷刻间嘴里灌满了冰冷的雨水。

一阵狂风掀开天空一角，亮光从那里投射进来，照亮了丛林。借着那道亮光，他看见林间空隙处有一些晃动的影子，他不顾一切地松开紧抱住篦齿苏铁树干的手，离开那里，一脚深一脚浅地朝那些影子奔去。他踉跄着来到林间空地，可是，根本没有什么晃动的影子，那里什么也没有。

风雨突然停了下来，他发现自己站在一片桫椤旁，那是中晚三叠世至白垩纪恐龙们的主要食物，如今恐龙早已消失，它们还欢喜地活着。他抬起一只胳膊，冲天空做了一个几乎看不见的姿势。他惊讶地看着滴着水珠的手指。是的，他左手食指上沾着一颗桫椤的孢子囊，看上去它吸足了水分，从休眠期活过来了，囊中的孢子顶开了囊皮，正由慢到快地倾泻而出……

他把左手慢慢移到眼前，眼眶里涌出泪水。

六

行洛水再度翻开《深圳自然博物百科》是次日梦中醒来的事。

从深港边境无人区回来后，他核实了，深圳天气晴好，气温7到13摄氏度，无雨，微风，湿度70%到95%。如果需要更多参照，香港的天气指数也一样。

这是他唯一做过的查询，那之后他不再为任何理由去做同样的工作。

书保持着原样，没多一页，没少一页。

他注意到扉页上的一行字：献给我挚爱的家园。

晨曦是一株香荚兰，也叫安德鲁斯香草，行洛水启程参加 Dance World Cup 总决赛前一位朋友送给他的。有时候，生命只能通过这种方式出现和传递。它本来可以长得相当高大，和漫天扩散的桫椤孢子的结果一样。如果可以那么说的话，它曾经是行洛水的家园。行洛水还记得晨曦进入他生活那一天的事情。他打开房门的一刹那间惊讶住了。晨曦在朋友怀里开得异常灿烂，它拥有不可思议的结实蕊柱，四个花序全部开放，自由地向四周舒展开，像完全无法禁锢的优美生命。现在想来，晨曦带给他的气息不光是它的，还有整个自然的，就像他在舞蹈中遭遇过的那些充满力量的灵魂，让他时刻体验到自由生命的无限可贵。

行洛水没有接到南作者的回信。他不知道南作者如今在"地理、气候与历史""生物多样性""生态系""自然保护地、基本生态、控制线与微型自然保护点""826步道与自然步道""哺乳动物、两栖爬行动物与淡水鱼""鸟类""昆虫、蜘蛛与其他无脊椎动物""植物与真菌""沿海的生命"中的哪一部分徜徉，或者索性消失在其间。如果有回信，行洛水会告诉南作者，他曾经有过家园，只是他最先失去了语言，接着又失去晨曦——失去将它当作新的家园，并且献给它一点什么的机会。

行洛水没有告诉任何人，从深港之间那片人烟杳无的丛林中回来以后，他做出一个新的决定，从昔日的生活中退役，离开舞台，去舞蹈学校教孩子们跳舞。他年龄大了，财务状况糟糕，生活不允许他无所事事。他做不到像伊莎多拉·邓肯那样回到混沌初开的远古时代，回到世界的黎明时刻。不过，自然这件事情的前提并非是它拥有一个或几个超拔的永生者，而是它拥有生命世世代代的繁衍能力。他无法用语言向这个世界做出表达，又错过了身体与世界最好的组合机会，但他可以从另外一个种子的胚芽中重新出生。

"如果可以选择，我们选择在今天出生吧，晨曦。"第二天早上，阳光明媚，行洛水从家里出来，走上大街。他知道这是他最后一次和晨曦说。不是悼词。他没有准备好悼词。就算有,也不及一场突如其来的热带风暴好。如今晨曦已经长眠在深港间人烟罕至的山谷中,他决定从此忘记它。他知道它有轮回,会再度活过来,像自然界无数生命,像它曾经做过的那样,只是他们不会再相遇了,那个难度太大。他不是在心里说,而是把想要说的话说出了口。

"也许天空还是阴霾一片,街上满是泥泞,有的生命打算和我们共存,有的不肯,而且永远不会,即使我们能重新生下来,重新长大,事情还是很难。"他说,这一次他没有戴口罩,那会影响他说话。因为还没来得及适应开口说话的表达程序,他说得断断续续,吐字有点艰难,可毕竟话说出口了。

"但我们不必心惊胆战地偷偷活着,晨曦。我们不必偷窥自己的微笑和冲动,为困惑和恐惧躲藏,为曾经大声哭泣过和无声地向世界举起过什么而道歉,晨曦。"他结结巴巴地说着,声音很大,他这个样子让迎面过来的路人纷纷停下来,诧异地看他,看自己身后,再抬头看天空。但那没用,他脚下行云流水,而且无须用何顿技艺将身体延伸和拉长,用葛兰姆技艺将身体延展得更远和更高。他走得很快,因此说出来的话落在身后,它们没法追上他。"我们可以袒下遮拦身体的一切,锁铐着延展身体的一切,不要谁来担保和证明,正大光明地走到大街上来，这里有被荒芜掉的阳光，有让我们成为人的空气，有写在无数落叶上的无字书，我们愿意怎么朗诵就怎么朗诵，愿意说什么就说什么，晨曦。"

"这是我们的家园，"他脸上露出微笑地大声说，"我们在家园里，很多事情可以说出来！"

2023年2月19日雨水

于深圳聆海轩

在　　地　　下

A. 00:30，深时王国的短暂旅行

整个夜晚，狄二岸都睁眼躺在黑暗中，这样方便他在两个世界里行走。

同宿舍八个安保员，最后一个爬上高架床的时间是零点二十多，钻进被窝后他长长叹了口气，很快睡着了。狄二岸又等了两分钟，然后安静地启程，离开人类世，返回深时王国。

狄二岸来到大鹏半岛的四代火山遗址，从这里开始了他当晚的旅行。他独自穿过岬湾海岸挂满海葵和层孔虫的海蚀崖，从那里折返，通过生物遗骸沉积而成的盐矿，依次去了咸头岭和大黄沙、屋背岭和九祥岭、红花园和铁仔山的地下遗址，它们分别是新石器时期、商代和汉代人类活跃过的地方。狄二岸在那里见到一些新朋友。他没有和他们打招呼。用不着。他们以后会认识。不过，他双手抄在裤兜里，闲适地在元代人类活动过的楼村悠闲散步的时候，见到三位在那里度假的老朋友，荷兰人郭士立、瑞典人韩山明和德国人黎力基，他们为黎的《德客辞典》词性问题争得面红耳赤，几近翻脸。狄二岸礼貌地在他们面前站下，问候了三位长者，顺便问了黎先生，他失踪的妻子是否回到了他的身边。

当晚旅行的最后一站是梧桐山。三年前，从深时王

国返回人类世的路上，狄二岸在梧桐山森林中看见一片茂盛的毛棉杜鹃林，离着它们不远处，有一棵百年树龄的岭南酸枣树患了根腐病，显得非常痛苦，而一棵树龄千年的篦齿苏铁正在缓慢地死去。狄二岸在那里逗留了一会儿。

人们看不到那里发生了什么，狄二岸知道，真正的故事发生在地下。那些植物的地下，有个庞大的真菌家族，家族成员们非常小，肉眼看不见，它们始终活跃着，为地面上的植物分配资源。在它们的帮助下，生机勃勃的毛棉杜鹃通过根压争夺水源和养分，输送给那棵南酸枣树大叔和那棵篦齿苏铁爷爷，帮助它俩摆脱困境。因为吸足了水分，年轻的毛棉杜鹃显得湿气浓郁，每一牙叶片都在落泪。

那以后，狄二岸不断回到梧桐山。他帮不上任何忙，但他会在那里待上一会儿，静静地观察庞大的真菌家族须臾不停的抢救行动。几个月后，南酸枣树重新活了过来，它还会在地面上生活一百年。篦齿苏铁在第二个年头死去，它开始慢慢地降解，在日后几十年的时间里，它会用自己的腐殖质回报曾经抢救过它的年轻的毛棉杜鹃们，让它们在生长中长期获益。

凌晨 5 点 30 分，狄二岸隐约听见闹钟声传来，他知道，他在地铁集团服役期间的最后一次短暂假期结束了。

B. 05:30—05:45，地铁安保员的晨间活动

宿舍的灯亮了，安保员们哈欠连天地起来，进进出出，排队上洗手间排泄和洗漱，空气中充满尿味的氨气和牙膏的香精气。

公司准点派单送来加蛋米汉堡和小米粥早餐，安保员们没滋没味吃着，一边议论职业生涯的不满：每天15公里巡程，22项指标考核，每月底薪2800块，五险最低档，加班一小时补12块，非全勤每天扣20块……

狄二岸安静地坐在一旁，他没有参加议论，也没有人对他说，喂，伙计，怎么不吃早餐，也不说话？同伴们当他不存在。

他们这班安保，多半是再就业入职地铁集团的。老陈过去是会展公司的营销专员，老李是影院场务，小陈是教培中心助教，小王是餐馆面点师，最年轻的小吴两年前大学毕业，游戏策划与电子竞技专业，刚入职，地铁安保员是他第一个职业。狄二岸和他们不同，他是志愿者，对薪酬没有要求，有没有五险无所谓。

狄二岸每天在城市的地下奔跑，没有恐惧，也没有谁阻止他。几年前，他发现人们开始进入地下，他们把岗厦北的地下挖空，在那里建设一座庞大的交通枢纽。

狄二岸很开心，常去那儿玩。那以后，他发现人们开始建设更多的地下城，深港科技创新特别合作区、深圳湾超级总部基地、宝安中心区、光明科学城枢纽、龙岗大运枢纽，他数过，大大小小有45个。当地面上的城市以各种方式控制人们的命运时，地下城市正快速在城市大象的每个部位建立起秘密基地。

三年前疫情暴发，人们很惊慌，手足无措。狄二岸为他们着急，他不明白人们为什么非要把自己关在墓室一般的家里，或者被别的什么人往分类垃圾站里塞。狄二岸觉得他应该做点什么。他想告诉人们，地下是自由的，他们完全可以进入地下，像他一样尽情地奔跑，该怎么生活就怎么生活。于是他选择了当一名地铁安保员，帮助人们在地下奔跑。

如今三年过去，管控放开，人们潮水般拥入地下，地铁恢复了繁忙的日子，人们不再需要他帮忙，今天是他在地铁集团工作的最后一天，干完今天的工作，他就要离开了。

C.05:45，机场、码头、珠江三角洲和地铁1号线

早餐结束后，他们列队出了宿舍，一路杂乱小跑，绕过煌上煌酱鸭店，拐过街口，进入地铁1号线罗湖

站,去警务室领取了A包,开始着装。

防刺背心、制服、战术靴、制服帽——帽檐和鼻嘴一条线,前沿离眉一指——然后检查装备:警棍、手电、口哨、防割手套和800兆对讲机。节假日和重要活动会增配一台视频记录仪,现在不用。

19岁前,狄二岸有过很多不切实际的梦想。他想去机场工作,做一份水暖工或者配电工的活,只要每天能看到大大小小的飞机昂着海豹脑袋从跑道上跃起,让它们把他的视线带走,随便让他干什么都行。他也想去蛇口港,去那儿碰碰运气,说不定他会被某位大胡子远洋轮船长看中,安排他上船干轮机维护、加装燃油、绞缆、起抛锚和接送引水的活,从此过上漂洋过海的生活。他甚至还幻想过一件更不靠谱的事情。他想背着行囊,环珠江三角洲走一遍。他会哼着歌,歌不唱出声来,一路打工,替收留和照顾他的好心人卖力干活,加倍回报他们,这样等他老了,回到家乡,他就是一个见多识广的人了。

可惜,那场大火阻止了狄二岸的梦想。那场大火以后,狄二岸再也没有回到过地上,机场地勤工、远洋轮水手和流浪者,他一样没干成,而是在30年后来到地铁1号线,当上了一名安保员。

1号线是城市首条地铁线,东起罗湖,西至机场东,往返100公里,列车在黑暗中呼啸而过,从未陷入过困境。狄二岸和1号线有种神秘关系,那会儿他刚刚进入深时王国，还没有适应过来，一台"铁建重工"牌盾构机就轰隆隆来造访他，好像它知道他来了，它在找他，而他则吃惊地看到沉睡了亿万年的地壳被它挖开，那些生命堆积层里满是让他心动的秘密。他当然也看到了人类世在地下留下的痕迹，大量水泥构件、残存的塑料和铅207，这让他有些不安和内疚，这就是COVID-19到来后，需要他做一次抉择时，他选择了来1号线服务的原因。

D.06:20，地下暗河和羞涩的小镇少年

6点20分，狄二岸负责执岗的首班车发车。

头两站人不多，上车的乘客并非凌晨新鲜空气的爱好者，多数内省而忧郁，仍然戴着口罩，好像摘掉口罩会让他们感到羞耻。他们上车后就把自己封闭在座位上，也有守着空位不坐的，把自己栽种在车厢的某处角落里，一动不动，保持着安静。

狄二岸对地面上的情况了解不多，他不知道人们想把地面上建设成什么样子。他从来没有被允许参与决定城市的命运，也不确定它是不是高兴他生活在它之中。地下的生活就不同了，他想去哪儿都行，想做什么都可以。

有一次，狄二岸在石岩水库地下闲逛，看到一条奔涌的地下河，他跟着欢畅的河水奔跑，穿过一段黑暗的

路程，河水突然坠入岩洞消失掉，他毫不犹豫地跟着它跳入岩洞。没走多远，河流突然被一股力量吸往高处，好像在躲避他的追踪。他咯咯大笑，抹去脸上的水花，向急不可耐远去的河水挥了挥手，转头去了别处。

在地下生活时间长了，狄二岸知道自己只需要获得一个坚定的方向，不必为举足不前犹豫，那是生命本来的样子，除此之外，不需要再做别的什么。他觉得最好的生活在地下。他把这种想法带到了1号线。

车到老街站，乘客开始多了起来。这一站有两条中转线，打明代起，上面那条老街就是粤南一带有名的墟市，活动着一些改变过人类世的重要角色，如今他们和他一样，也生活到地下来了。

狄二岸在车厢里流动巡查，无声地穿过乘客。他没有打开肩灯。他不喜欢警示和理智的两色光晕在肩头闪烁，也反感对人产生威慑的力量。

狄二岸曾是羞涩的小镇少年，不聪明，没有出色的能力，有时候会犯点小错误，把事情搞砸。因为这个，他一直有点紧张，不爱说话，童年和少年时期没有朋友，中学毕业后只考了个专科，让父母失望，连向暗恋女孩表白的机会都错过了。

直到1993年夏天，狄二岸突然结识了很多人，他们的年龄比他大很多，有的认识燧人和祝融，有的认识太康和少康，有的认识妇好和姜尚，有的认识东方朔和霍去病，他们个个性格爽朗，身怀绝技，从不拿他当外人，狄二岸喜欢他们，突然地，他学会了开口说话。

E. 07:20，地铁回笼觉与睡眠通灵者的体验

7点20分左右，地铁早高峰到了。不知打哪儿冒出那么多人，车厢瞬间就挤满了。

狄二岸在各种面料包裹着的人体中滑动，有一阵，他被卡在两个大汉的胳膊肘下。两位汉子，一个身着防静电阻燃工装，身上散发着浓重的机油味道，一个嘴里嚼着槟榔，一只手撑着车顶，空出的那只手留着长长的指甲，盘玩着一串檀木手串；俩人都闭着眼打盹，随着节奏的人潮舒坦地作浪涌状，压得狄二岸骨头一点点往皮肤外钻。好在只有几秒钟，狄二岸就脱离了困境。

车到下一站，狄二岸头一个出现在站台上，两位大汉紧跟着他下车，强烈的机油味和手串的骨磨声擦身而过，眨眼消失在人群中。

不止两位汉子在早上的地铁上睡觉，此刻，车厢基本成为千家万户的延伸卧室，人们抱着竖杆，吊着挂手杆，靠在车厢厢体上，悬挂在人群中，纷纷进入回笼觉模式，直到列车停靠某个站台，车门开启的一瞬间，他们中的一些人会立刻睁开眼睛，捕蝇草一般弹向车门，

随着人群挤下车，眨眼消失掉。

狄二岸是睡眠的通灵者，知道很多关于睡眠的故事。

这座城市以昧旦晨兴闻名，走在街头，每几步就会遇到一两个步履匆匆张着大嘴打哈欠的人，他们像是一些梦想兑现者，被一种神秘力量催促着，到处去寻找他们的梦，可却没人耐烦等待他们似的。狄二岸知道那是一种什么感受。他刚来这座城市时，头一个月换了13份工，最短的一份干了不到10分钟。他很焦虑，根本不敢睡觉，害怕眼睛一闭，他就会失去工作机会。后来他在清水河仓储区找到一份入库员的工作，那里有大量硝酸铵、甲苯、金属砷、黄磷和双氧水需要人搬运，他第一次知道，建设一座伟大的城市，不光需要昂贵的大理石和贵重金属，也需要大量爆炸物。

有一天下班，狄二岸在仓储区路边看见两个年轻营销商在推销床垫，四周围着看热闹的仓储区员工。营销商怂恿人们躺上床垫体验，宣称他们的床垫非常神奇，专治失眠，就算《山海经》里从不睡觉的独龙躺上去也会大睡不醒，忘记司掌昼夜和四季，成为神界的渎职者。一名中年女工被营销商挑选出来，她害羞地说，她宁愿在黑暗潮湿的出租屋里被丈夫搂着睡，也不愿躺在马路上，她担心自己像流浪猫狗一样无家可归，再也没有安稳觉。不过，躺上床垫不到三十秒钟，她就睡着了。

狄二岸忽然觉得这件事情很有趣,问营销商他能不能试试。营销商爽快地给狄二岸戴上监视仪器。狄二岸在人们的注视下走向床垫,离着床垫两三米处停住不动了。人们在等待他的下一步行动,可是,接下来的事情只能换一个视角表述:负责测试的年轻人丧气地向伙伴示意,这位身材精瘦的小个子体验者在走向床垫过程中就进入了睡眠模式,是站在床垫前入睡的,和神奇的床垫完全无关。

如果狄二岸说,有人利用上洗手间的工夫在小便池前站着打三十秒钟盹,然后打着尿哆嗦睁开眼,抖擞精神去抢地铁,他可没有撒谎,这样的事情每天都在发生。

狄二岸还见过一些中年妇女,家里有两个或三个神兽,经济压力大,要转 N 趟地铁去赶一份或两三份工,她们会在排队过安检时睡着,而轮到她们过闸时神招醒,熟练地刷卡过闸,抢到扶梯左边,小跑着超过其他人,冲下人头攒动的站台。

狄二岸特别想安慰那些紧张的姐姐们,对她们说,没事,一切都可以搞定,她们和她们的孩子都会好起来。他猜想,如果事情真能做到他说的,一切都会好起来,那些姐姐们肯定会开怀大笑,并且在大笑中瞬间入梦。

F. 08:10，在地下行走的勇士

车每到一站，狄二岸都会第一个下车，疏导乘客上下车，掐着点观察客流和站台上的异常情况，快速向人多的车厢移动，阻止乘客在关门提示音响起后往车里挤，做好车门和屏蔽门夹人夹物的应急准备。

8点10分，车停靠宝安中心站，在车门关闭的预警声中，狄二岸看见一只胳膊忽然从车门内伸出来，像是喊，Save my Soul！狄二岸迅速移动上前，抓住那只胳膊，把它的主人拽出车厢，自己则在车门关闭前的一瞬间薄纸似的插进车厢。

狄二岸没有回头看惊慌失措的男人，心里想，那位老兄真不容易，是个勇士。

狄二岸觉得在地下行走的人们都是勇士。他这么想可不是乱想。城市并不爱所有人，它在崛起时不光托起了目光如炬的财富者，也陷落着无数打拼者的无效梦想，在地下行走的人们大多属于后者，他们是城市里人数最多的族群，城市故事里听不到他们的声音，但因为有了地下，他们可以怀揣不放弃的残梦，搭乘一匹钢铁快马，在黑暗中一往无前地向前奔跑，穿越刀锋生活，哪怕距离灾难只有一寸。

狄二岸小心翼翼，将一位挂着医用手杖的眼镜哥带

到几位外套上标有LOGO的空港地勤人员身边，为他找到一个靠柱，然后走开。他知道那几位靓女帅哥会照顾眼镜哥，为他找到座位。每天能看到大大小小的飞机昂着海豹脑袋从跑道上跃起的人，他们也是一些奔跑者，会做点什么的，这一点他十分肯定。

G. 09:30，地铁里有没有惊魂时刻？

九点半以后，早高峰时段差不多过去了，列车行驶在第二个往返路程中。这期间，狄二岸处理了好几场不大不小的纠纷。

三年地铁安保工作，狄二岸处理最多的是各种应急。传染性疾病、台风和暴雨天气、火灾、突发停电和临时停车应急，这些他都应对从容，没有出现过重大差错。他没有遇到反恐应急，治安事件倒是每天有，印象最深的是一次暴力事件，一位精神病患者因一幅车厢广告引发了一场群殴，事件从发生到控制住经过了17个站，先后有11位互不认识的乘客参与进来，事后发现，其中9人患有不同程度的精神障碍症。狄二岸事后想过一个问题，深时王国里有没有精神障碍症？他当然没有得到答案，因为在自由世界里，是否疾病的答案由自我决定，不受他人意志支配。

今天的第一桩纠纷有点诡异。一位年龄很大的老者把一位衣冠楚楚的年轻人摁在车厢里暴打了一顿,原因是年轻人性骚扰一位衣衫单薄的女乘客。狄二岸赶来解决纠纷,弄清楚"衣冠楚楚"和"衣衫单薄"是一对情侣,俩人在家里关了大半年,关出了异常情绪,防控解除后心血来潮,决定玩一场地铁 play the role。

狄二岸向火气上头的老者解释什么是"扮演这个角色",比如植物扮演生产者、动物扮演消费者、真菌扮演分解者,扮演者本身并不是他扮演的角色。老者仍然不依不饶,认为"衣冠楚楚"扮演《地铁惊魂》里的盖伊,那是他的事,但他在光天化日之下纠缠凯特,其行为挑战了光天化日之下人民群众的角色,人民群众不会在光天化日之下让坏人得手,他挨揍是自找。

乘客中有不少刷剧族,一听都笑了,说老爹威武,我们最讨厌光天化日下,我们支持你。狄二岸也笑,他没有执法权,处置治安事件的底线和乘客一样,报警。他只拿准一条,每个冲突者都有苦衷,他不会和他们过不去。狄二岸没有告诉老者,他喜欢《地铁惊魂》里那条丑丑的小狗雷,如果可以,他愿意做雷,或者遭到凯特冷酷对待,却在凯特身边放下一把硬币的流浪汉。

第二个纠纷属于行业不正当竞争。两个中年女推销员向对方推销同一类产品,发现是对头,杠上了。在她俩把对方的头发揪下来之前,狄二岸赶来阻止了冲突。

狄二岸特别能理解这类纠纷,一大早,大家都有起床气，对一天的预期没有底，很难淡定，成千上万的私人情绪集中在小小的车厢里，冲动是一天中头一件纠缠自己的事，免不了小摩小擦。

但狄二岸不喜欢冲突。在有限的19年人生中，他是冲突的牺牲品——爷爷奶奶揍、老师训斥、同学白眼、校园霸凌、高考失利、工头不屑、工友虐待……不过他并不憎恨生活，他觉得生活没有人们说的那样糟糕，比如两位气呼呼的同行大姐，看上去她们是那么的失败和疲惫不堪，活脱脱被自己和他人耽搁了，但她们能把生意做到地下来，在行业的旮旯角落里搜发厮杀，说明她们是出色的女人，身后有期盼着她们带来幸福的家庭，别伤着自己和他人就好。

H. 11:10，在海上凌空漫步的近景魔术师

快到中午时，地铁在前海湾站停下，一位看上去很老的老人，怀里抱着只塑料袋，袋口露出一沓冥币，从座位上撑了两次站起来，一点一点往车门口移动。

狄二岸赶紧过去搀扶住老人，帮助他挪到门口。

"朋友，麻烦您几位从两头下车，谢谢。"狄二岸和颜悦色地和后面的乘客商量，请他们分流到两边的车厢门，这样老人就不用那么急了。

安保条例规范用语是"对不起"，狄二岸偷偷改成

了"朋友"。他觉得"对不起"有种无奈感，他更喜欢"朋友"。

其实狄二岸在人类世没有朋友。他认识一位人类世的小伙子，他们见过两面，小伙子偶尔会给他发几张图片或短视频，它们拍至世界各地。有时候小伙子会问他是否还在地下狂奔，但他不确定他俩算不算朋友。

说起来，俩人的认识挺有趣。那会儿狄二岸刚当上地铁安保员，有一次巡查过一个车厢，见几位双肩包格子衫的年轻程序员围着一位小个子年轻人。年轻人纤瘦得像一片香荚兰叶，耳朵边有一道伤疤，笑吟吟的脸上满是疲惫，分明身处窘境之中。他突然把一位女孩的手机抢下来塞进嘴里，然后在众人的惊叹声中咽下去，再痛苦地把手机从肚脐处硬拽出来，还给主人，惹出一阵欢乐的惊叫。狄二岸挤进人群，告诉他们，车厢里不允许喧闹。"香荚兰叶"笑嘻嘻看狄二岸，突然从自己乱蓬蓬的头发里摸出一把匕首，狠狠刺向自己的腹部。狄二岸大吃一惊，一个跃出将"香荚兰叶"扑倒在地，夺下他手中的匕首，结果发现是一只面包棍。在众人的哄堂大笑中，"香荚兰叶"龇牙咧嘴夺回面条棍，坐在地上心满意足地把它吃掉，而那位手机失而复得的女孩则从包里取出瓶水递给他，问他想不想尝尝她早上为自己准备的午后茶点。

狄二岸后来知道，"香荚兰叶"是近景魔术师，艺术职业学院毕业后分配到群艺馆工作，因为不喜欢上司的赏饭脸，也不耐烦直播讨好观众，离职在社会上漂了两年，这座城市是他在大陆的最后一站，他将要去周游世界。

第二天，狄二岸又遇到"香荚兰叶"。他在车厢里给几位晨练的老年乘客表演魔术，把一枚硬币隔空变进一位练家子的保温杯，晃动杯子，杯里的保健水立刻变成了可乐。一位大妈不忿地叫来狄二岸，用桃花扇挡着半边脸，投诉"香荚兰叶"在公共场合宣传骗局，破坏和谐城市形象。狄二岸安慰大妈无果，只好按条例把"香荚兰叶"带下车，送出站台。

"香荚兰叶"问狄二岸，知不知道英国人史蒂文·弗雷恩。狄二岸不认识，他唯一认识的外国人是位葡萄牙海盗，在深时王国里遇见的。海盗看上去年龄有三百岁，他说他见过比他大两百岁的拉斐尔·佩雷斯特·雷洛，后者是哥伦布的妻子菲丽帕·莫尼兹的表哥，第一位从海上登陆蛇口的欧洲人。

"香荚兰叶"告诉狄二岸，弗雷恩和海盗雷洛不同，他在贫民窟长大，有过不美好的童年，瘦小的他像一根苇秆，可他却用魔术给人们带来快乐和惊喜。"香荚兰叶"一直在学习弗雷恩，琢磨他在泰晤士河上漫步的魔术，就要成功了——他打算一旦魔术琢磨成，就从东部海湾漫步去新界，那样他就不用办理手续烦琐的签证了。

"告诉我,""香荚兰叶"很在意地问狄二岸,"你喜欢我这个想法吗?"

"能告诉我,你叫什么名字吗?"狄二岸反问他。

"你可以叫我'现世朱'。现世就是今生,朱是姓,不是我的姓。""香荚兰叶"眨巴着聪明的眼睛,"别瞎琢磨,你肯定不知道伟大的朱连魁。"

"好吧,你说什么我都相信。"狄二岸深吸一口气,一脸严肃地说出他曾经想去的那些地方,"我还相信你在新界上岸后不会停下来,你会走过维多利亚海湾,去港岛和大屿山,对吧?"

"是的,是的是的是的是的!""香荚兰叶"激动得像是找到了知音,"我还要在外伶仃洋漫步,去澳门,在南洋漫步,去拉瓦格、沙马、丹戎槟榔,从格雷特海峡进入印度洋,去很多很多的地方!"

"能不能拜托你件事,"狄二岸非常羡慕"香荚兰叶",他多少有些不好意思,而且有点拿不准,他是不是有权利提这样的请求,"你能不能代我向你去的那些地方问声好?就说,有个叫狄二岸的人,他问你们好。"

"香荚兰叶"严肃地看了狄二岸一眼,他的目光清澈如洗,他在想狄二岸提出的那个请求,然后他伸出一只手,分外慎重地和狄二岸握了握。

狄二岸当然不奢望"香荚兰叶"——"现世朱魔"

成为自己的朋友，那不可能，人家要走遍世界，去很多地方的海洋凌空漫步，而自己属于地下，不属于海洋，他们不在一个世界，成不了朋友。

I. 13:20，黑松露口味的蘑菇牛堡和一张高铁车票

午后，从机场折返的列车通过白沙洲站，狄二岸报了一次屏蔽门故障处理。门能关上，显得有点犹豫，好像它在思考什么问题，不过还没越过思维能力的奇点。

白沙洲站上面是这座城市最大的城中村，南山科技园的码农多数住在这一站，即使高峰期过了，人流量也非常大。狄二岸看见一只手机从一位急匆匆往车下挤的年轻人的双肩包里滑落出来，掉在地上。他叫住年轻人，提醒他捡回手机。

说到手机，去年有几个月，地铁不停驶时，每天早高峰一过，有位戴着渐变镜的中年人就拎着个黑色通勤包上车，找座位坐下，目光发直地刷手机。如果客流量大，渐变镜中年人会让出座位，站在车厢角落里继续刷屏，等客流量小再坐回座位刷屏，下午三四点钟他会收拾好通勤包离开，第二天又会出现在车上。

不知为什么，这位常客最近一段时间没有出现。

狄二岸观察过渐变镜中年人，他是那种浑身上下透

着想要活得明白，又眼睁睁看着生活变卦，被生活抛弃后的他心里什么都明白的人。他出现过一段时间后，狄二岸就在心里叫他"明白哥"，并且很快描绘出他的行动路线图。

"明白哥"乘车没有目的地，他不去任何地方，乘客来来往往和他没有关系，出现应急事故时，他最多抬头快速看一眼，继续低头刷屏，手机没电了，就从包里掏出充电宝，也不知道他那个通勤包里装了多少充电宝。中午十二点左右，"明白哥"会下车，他会走出检票闸口，找个角落，从通勤包里取出一只密封食品袋，剥开封装妥帖的蓝蛙汉堡，背对着来往乘客，人站得笔直，一口一口吃完汉堡，再从通勤包里取出矿泉水慢慢喝光，包装纸折叠好，和空瓶一起丢进可回收垃圾箱中，去一趟洗手间，重新返回检票闸口。

狄二岸知道"明白哥"吃的是黑松露口味的蘑菇牛肉堡。狄二岸猜他可能更喜欢四重芝士狠浓牛肉堡，只是担心洋葱味影响其他乘客，而黑松露调和酱的味道非常接近车厢里的混合人气，所以才选择了后者。

狄二岸并不知道孤独的"明白哥"遇到了什么，不知道一个人要经过怎样的生活折磨，才能在人群深处表现出如此痛心彻首的体悟，成为明白人。狄二岸由此想到另一位孤独者，一个二十岁左右的长发青年。

两个月前疫情放开，大感染蔓延时，一位头发长长的青年上车后，就往人少的地方挤，一边小声打电话，有人靠近他，他就躲开，这样换了好几个车厢。狄二岸先以为长发青年怕感染，后来发现不是。长发青年出门闯荡了几年，毫无收获，身心疲惫的他想回家，可身上只剩下二十块钱，他花七块钱买了张地铁票，在车上用微信和家人通话，请他们给自己定一张回家的高铁车票。他打给爸爸、姐姐、舅舅、堂兄，从西乡站打到世界之窗站，不是被嘲笑就是被敷衍。车过世界之窗站后，他换成给同学和熟人打电话，一直打到科学馆站，剩下的四站，他绝望地收起电话，靠着车厢发呆。

狄二岸看出来，长发青年之前是位有志青年，他想从其他人变自己，但平庸一直追随着他，等他明白自己就是其他人，接受了平庸，他的亲人却不能接受，他们不允许他躺平，不接受平庸的他回到他们身边去。

车到罗湖站，车厢里只剩下长发青年和坐在他旁边一位中年女工。女工背着两只大包行李，衣着简朴，口罩捂得严严实实，看不见她的脸，之前一直在发呆。狄二岸过去提醒长发青年和中年女工，车到终点了，请他们下车。女工和长发青年下了车，但他俩没有马上离开。中年女工突然站下，要求加长发青年的微信，然后快速给他转了一张深圳北站到株洲西站的高铁票钱。长发青年哭了，结结巴巴说，幸亏坐地铁，要是在大马路上，他可没有脸接受陌生人的帮助。女工不好意思地紧了紧口罩鼻夹，背着沉重的行李匆匆走到前面去。长发青年追上去，抢过女工的行李背在身上，俩人一言不发，去了扶梯方向。

列车开进折返线，换端开进另一侧站台。狄二岸借这个空当赶上去，把中年妇女和长发青年送到了直楼口，这样他们上到出站口就会轻松很多。

狄二岸听说有个叫马斯克的人正在造超级高铁，一旦造成，深圳到北京只要两个小时，票价 150 元。这对很多人都是好消息。但狄二岸不那么认为。他觉得马先生太着急了，眨眼间就到真的是件好事吗？人们真的需要说到就到的目的地吗？按马先生超级高铁的速度，长发青年在 1 号线上只能停留两分钟，他没有时间打完那些电话，中年女工也没有机会听到那些电话，那张车票的故事就不会发生了。

J. 14:04，死亡事件和黏菌路径

死亡事件发生在午后人们最容易困倦的时候。

不是自杀。也不是狄二岸值岗的这班车。

下午 2 点 04 分，折返线停在大剧院站，狄二岸看见一个职员模样的中年男子步履迟疑地走下站台，在最后两级台阶上站住。列车驶出站台，中年男子呆滞的脸从门窗前一晃而过。狄二岸感觉有点不对，走到无人

处，用对讲机小声做了通报。二十分钟后他得知，中年男子被发现倒在地上，脑袋耷拉在台阶下，急救人员赶到时，已经没有了呼吸和心跳。

狄二岸的想法不同，他觉得中年男子在最后两级台阶上突然停下来，是想起某个秘密约定，或者接到某个神秘信号，于是做出停下匆匆脚步的决定。

狄二岸觉得，地铁里的每位乘客都拥有一个秘密身份，他们怀揣着特别身份证，那个身份证能证明他们是上个黄金时代的继承人。几十年前，黄金时代的开拓者们闯进这片土地，在寂寥的河网地带凭空建设出一座城市，再把形形色色的念头带到城市的每个角落，让它们在那里生根发芽，结出不言而喻的果实。现在轮到他们上场了，他们在履行自己的合法权利，去采撷果实，并且种下更多形形色色的念头。如果他们没有做到，那份特别身份证将被收回，他们会在某个台阶上停下来，跌倒在地上，消失在人类世。

狄二岸这么想是有道理的。他知道一种叫黏菌的地下生物，它们在寻找目标时会覆盖所有前往目标的通道，留下两地间最短的路径，放弃其他路径，每次都能以最快的速度到达目标。狄二岸和地下的朋友们做过实验，他们模拟了深圳地铁 419 公里线路和 501 个站台，那是人们花 19 年时间修建的地下城堡，黏菌只用了 17 个小时就准确覆盖了所有线路和站台，而没有去其他任何地方,这样的生命是不会被收回身份证的。

狄二岸不知道城市其他角落有哪些生命正在被收回身份证,但他知道这件事情是心照不宣的,只因为人们不甘心,遮蔽掉或者不肯承认,而那位走下站台的中年男人,他接受了命运的提示,停下了脚步,同时停止了呼吸和心跳,他那颗耷拉在台阶下的脑袋,只是对来不及赶到现场的亲人表示,对不起,这一生添麻烦了。

K. 20:30,回家的人们和秘密输送机

知道死亡事件的人不到二十位,在百万人次的载客量中溅不起任何水花,但半个下午,地铁都在庸常的往返中行驶,好像它感应到了什么。

今天最后一个客流高峰时间很长,夜里 8 点 30 分,高峰基本过去,同班的前影院场务老李耗尽了,累到直不起腰,车到前海湾站,他下车去休息一小时。老李会坐在保洁室补一瓶水恢复体力,顺便在手机里问问前同事,影院是否恢复放映,他能不能回去继续喝免费的廉价咖啡,然后在 9 点 30 分收起手机,重新束上腰带回到车上。

狄二岸没有下车。他是队里唯一不休息并且保持全勤的队员。他会精力充沛地值完晚上 11 点的末班车。

狄二岸特别喜欢晚班车。白天,阳光照耀下的地面

不属于任何人，人们在地面上行色匆匆，四处奔走，非常容易认错目标，或者消失掉自己。

知道地下的夜晚是什么样子？人们步履一致地进入地下，晚班车不离不弃地等在那里，从不因为他们早上急迫地跳下它冲上地面而抱怨，也不因为他们垂头丧气地从地面返回地下而嫌弃，单日客流量达142万人次的6节编组A型车厢像正在执行秘密任务的输送机，分秒不差地默默启动，载着互不相识的人们在地下跋涉，无论凌晨他们为何进入地下，晚上他们回到地下都是为了同样一件事情，回家。

狄二岸无声地穿过乘客。他们站在摇篮一般轻微晃动的车厢里，白天积累的不顺和委屈渐渐弥散，脸上浮现起呆呆的笑容。有人靠在角落里打着盹，为回到家和家人团聚集聚精力，现在他们每分钟都离家近了一步。

一群背着露宿行囊的年轻人在世界之窗站上了车，他们和别的乘客不同，显得异常兴奋。三年来，人们很少走出家门，塘朗山上出现了大片的萤火虫，那些年轻人要去塘朗山步道宿营，他们下了班才出发，赶不上夜里七点到九点的最佳时段了，但凌晨会有一些萤火虫重返舞台。

狄二岸从他们当中穿过。他想起另外一些年轻人，葵涌镇玩具厂的女工们、舞王俱乐部的舞者们、光明新区红石山下的揾工者们，他们比他后进入深时王国，他们也很年轻。

狄二岸知道那些绿色灯笼不会在塘朗山上悬挂太久——它们点燃尾部光亮后就不再进食，靠露水为生，只有一周左右的生命，他希望幸运的年轻人记住它们美丽的光芒。

L. 23:00，三十年前的老熟人和两次爆炸

夜里11点，末班车从机场东驶出，狄二岸知道这一天将要过去，他在1号线的三年服务就要结束了，此刻经过的每一个站台都是告别。

地铁在桃园站停下，狄二岸下了车，向两边观察。在站台上候车的乘客中，他看见了三副熟悉的面孔。一只名叫"考迪"的拉布拉多导盲犬和它的主人，一位戴着圆形眼镜有着乔松之气的男子，看起来他想帮助导盲犬的主人上车。

狄二岸快步向三位的方向走去。这是个意外，尤其它发生在狄二岸结束三年人类世工作的最后几十分钟，差不多算是某种暗示。

"考迪"和主人是1号线的老乘客。这座城市有八只注册导盲犬，你想想和它们相遇的概率有多少。狄二岸几乎每周都能遇到"考迪"和它的主人，每一次，他都会抢在前面帮助他俩腾出通道，照顾他们上车。车上

无论多拥挤，总会有人为他俩让出座位。

"考迪"在主人脚边安静地卧下后，狄二岸用眼神和它打了个招呼，然后离开。"考迪"认识他。唯有它认识他。他俩之间有其他人不知晓的问候方式，但它安静，从不说破。

未必有人给圆形眼镜男子让座，虽然他已年过六旬。他姓胡，大名胡野秋，是本市文化名人，据说他的每场演讲听众都爆满，人们称他为温暖的文化传播者。

严格地说，狄二岸认识胡先生，胡先生不认识狄二岸，他俩不算熟人。

1993年8月5日清水河仓储区大爆炸时，狄二岸和胡先生同在现场，那会儿胡先生还是一名记者，是个长发飘逸的午轻人。

不同的是，胡先生赶到现场前，狄二岸已经被下午1点25分的第一次爆炸掀进一片废墟，身子炸得难以辨识。他身边的废墟里大约躺着四五十个仓储员工和消防队员，他师傅陈小华和笋田派出所警官曾志德躺在他不远处，陈师傅的蓝花槛色裙子和曾警官血肉模糊的脸上蒙着一层厚厚的浅黄色化学粉末，俩人已经停止了呼吸。

透过浓稠的爆炸粉尘，狄二岸看见了胡先生，他蹬着一辆破旧自行车，闯过警戒线朝这边冲来，一名警察拼命咳嗽，举着警棍在后面追赶，然后第二次大爆炸发生了,建筑碎片和碎裂开的金属骤雨般落下,大树齐腰折断,火焰和浓烟冲天而起,遮蔽住了天空。

狄二岸几天后才知道,胡先生在第二次大爆炸时受了伤,自行车也丢失了,他忍着伤赶回报社,写下一篇新闻稿:《深圳在我眼前爆炸》。

胡先生在稿子里写到现场的险情:6个过氧化氢罐离大火仅30米,如果第三次爆炸发生,必将引爆附近8个储量超1000吨的液化气罐、18节液化气槽罐和加油站,威力将是广岛原子弹的两倍,大半个特区将夷为平地!

"苦心经营14年的中国第一个经济特区,难道真要毁于一旦?"胡先生在新闻稿里痛心疾首地写道。

后来胡先生私下对朋友说,文明史以来广东有过四次机会,前三次都错过了,如果第三次爆炸发生,黑暗将再度持续数百年!

狄二岸还知道,那天下午,3000多个男人冲进了火场,用200多吨水泥铺出一条隔离带,阻止住大火的继续蔓延。狄二岸不认识那些男人,那会儿他正在前往深时王国的路上,他是后来才听说这件事。他不知道人们是否给那3000多位无名的男子塑了纪念碑,如果人们忘记了,应该补上,因为他们救下了这座城市,救下了一个时代。

车在华侨城站停下,"考迪"和它的主人下了车。胡先生又坐了三站,在香蜜湖下了车。好像有什么暗示,下车前,他朝狄二岸的方向看了一眼。

狄二岸很想和他们说点什么。"考迪"、"考迪"的主人、胡先生。说什么都行,但他没有开口,看着他们消失在车窗外。

M.00:06,梧桐山、马峦山、羊台山、三洲田、松子坑森林的地下

子夜时分,末班车驶入罗湖站,这一次它没有停在折返线上。

乘客们在终点下车。一位相貌出挑的女孩帮助一位背着工具包的中年男子捡起掉在地上的工具袋,之前中年男子太累,一直抱着扶手打盹,在女孩的提醒下醒过来,不好意思地谢过女孩,接过工具袋。看得出来,女孩不是头一次照顾别人,她笑吟吟朝中年男子扬了扬手,走到前面去了。

还有一位女孩,是在机场站上车的,上车后就坐在角落里戴着耳机听歌,听着听着莫名其妙地哭了,睫毛膏花了整张脸。

第一次从女孩面前走过时,狄二岸没有停下,返回时也没停,直到看出女孩停止了流泪,他才礼貌地在女孩面前站下,问她是否需要帮助。

女孩发着呆,视线在虚空里。

狄二岸窘迫地说,今天是他最后一趟班,下班后他要回到他来的地方,路上想顺便去罗湖CBD逛逛,听说那里的女孩喜欢仰着头看天上的星星,显得脖子特别长,所以比其他地方的女孩好看。

女孩破啼为笑,伸手打了狄二岸胳膊一下,然后长长叹了一口气。

狄二岸知道他可以离开了,于是对女孩说,想喝热水告诉我,然后向女孩敬了个礼,转身走开。

"谢谢你的关照。"下车前女孩过来找狄二岸,她摘下耳朵上的耳机,一只手轻轻搭在他胳膊上,眼睫挑了一下,说,"有没有人告诉你,你好帅,要不是在应激期,我就把你捡回去了。"

狄二岸不好意思地笑了。因为对方在车上流过泪,他有一种冲动,想给对方讲讲发生在梧桐山森林地下的故事,那片年轻的毛锦杜鹃树也一直在流泪。他想请女孩,还有她的家人和朋友去看看森林,生命间彼此的关照就发生在那里,发生在梧桐山、马峦山、羊台山、三洲田、松子坑森林的地下,人类世失去的美好世界,在地下继续发生着,每时每刻都没有停止过。

狄二岸当然没有机会讲出真菌世界的故事。但姑娘说把他捡回去,今天很奇怪,他什么都没有捡到。之前三年,只要地铁开行,每天他都能捡到几件乘客遗失的物品——遗忘在车上的蛋糕、当天领取的离婚证、另一个城市的充电宝、第一代深通卡、装在特快专递袋里的房产证，还有一次是一小瓶用去多半的救心丸。他把它们交给闸口工作人员，希望它们能尽快回到主人身边，而主人能尽快回到自己的生活中。

N. 00:18，在地下，在地下！

0点18分，狄二岸交完班，走出保安室。安保员同伴们从他的身体中穿过，谁也没有注意到他，而他也不能和他们打招呼，只是安静地目送他们远去，算是告别。

列车入库了，狄二岸站在安静的站台上，用同样安静的目光向站台告别。他对人类世石器时代的安德特人、罗得西亚人、德马尼西人、东非直立人、霍比特人、纳莱迪人充满好奇，不过，他在深时王国里学会了"源头"这个词的解释——不是他老家院子后面那口井里的水打哪儿来，他的狄姓始祖是商王朝始祖阕伯的母亲那个源头，而是生命最早的出处。生命的出处离他很远很远，远到离开直立人的生活场景，甚至离开显生宙时代，在元古宙和更远的太古宙。他听说在那两个时代，地球和他一样简单干净，一点儿也不聪明，他有强烈心动，也许他可以去那里待上一段时间。他认为马斯克先生的超级列车也应该前往那个地方，去看看那个以百万、千万、亿万年构成的生命诞生、创造、湮灭的记忆地带，马先生要去了，可能会改变一些想法。

狄二岸向空无一人的站台投出最后一瞥，转身离开。他要回去了，回到清水河仓储区的地下。那场大爆炸之后，他一直留在深时王国里，在拥有138亿年前地球诞生时的古老场景里安静地生活，等待地面上的人们需要他帮助的时候。人类的灾难还有很多，他会不断回到人类世，这是他在深时王国里了解到的规律。

2023年4月3日
写于深圳蜓篱室
2023年7月13日
改于深圳蜓篱室